Sonya
ソーニャ文庫

呪いの王は魔女を拒む

月城うさぎ

イースト・プレス

contents

プロローグ 005

第一章 008

第二章 028

第三章 106

第四章 158

第五章 180

第六章 239

第七章 264

エピローグ 325

あとがき 330

プロローグ

幸せは、ある日突然崩壊する。

「……すまない、君と添い遂げることはできなくなった」

愛する女性は君だけだと、生涯唯一の愛を誓った男が婚約破棄を申し出た。別れを告げられた女は呆然と男を見つめ返す。

この男のためならすべてを捨ててもいい。ただの女になって、男とささやかな愛を守りながら生きていく。その覚悟を持って愛を受け入れたのに……男の突然の心変わりに、女は動揺を隠せない。

男はさらに裏切りを口にする。

「私は国を捨てることはできない。……子供ができたんだ」

男が一国の王子であるという責任から逃げられず、自国の貴族令嬢を選んだだけならまだ冷静さを保てた。政略結婚は致し方ないことだ。だが、男が女に愛を囁《ささや》いていた裏で別の女との間に子供をもうけ、裏切ったことが許せない。

将来を誓い、二人で生きようと求婚をしたのは男だった。逢瀬《おうせ》を重ね愛を育み、国を出る算段まで進めていた。

あと少しで実現するはずだった夢が一瞬で崩《くず》れ去る。最悪な裏切りによって。

「あはは……はははは！」

女は笑いだした。涙などとっくの昔に涸《か》れて出てこない。

なんて滑稽《こっけい》なのだろうか。やはりこの世に永遠の愛など存在しない。そのような感情は錯覚《さっかく》だと思って生きてきたのに、もしかしたらと束の間の夢を見てしまった。

こんな惨《みじ》めな気持ちを味わうなら、愛など信じなければよかった。

すべてが馬鹿馬鹿しい。男のずるさと弱さが腹立たしく、自分から男を寝取った令嬢も恨めしい。

女の荒れ狂う心情を表すかのように、晴天だった空が黒い雲に覆われる。

ぽつり、ぽつりと天から涙が落ちてきた。女が泣けない代わりに空が泣いているのかもしれない。

「……そう。所詮《しょせん》愛なんてまやかしだわ。信じた私が愚かだった」

愛しさは憎しみに、信頼は裏切りに変わっていく。

幸せは無残に砕け散り、身体の芯まで凍えそうだった。

女の胸中に嵐が吹き荒れる。それと呼応するかのように空が荒れ、天には稲妻が走った。

男は雨風に晒《さら》されたまま動かない。ずぶ濡れになった男と違い、女の身体は少しも濡れていなかった。

女は男を指差し、高らかに告げる。

「この私を裏切った人間が幸せになるなど許さない。末代まで解けない呪いをかけてやる――」

女の夕焼けを閉じ込めた瞳は憎しみの炎に染まる。

真っ赤に燃える瞳の奥では、眩《まばゆ》く光る星の欠片が煌めいていた。

激しい嵐の夜。希代の魔女イングリッドは、ヴェスビアス国の王太子エルンストに残酷な呪いをかけた。

裏切りの代償として、死ぬまでずっと苦しみ続けるように。

人を愛することに、永遠に怯《おび》えればいいと願って。

第一章

人は誰しも人生に一度は、なにかを呪いたくなる日がやってくるのではないか。

たとえこれまでの人生を真面目に一生懸命生きてきたとしても、突然、理不尽な災難に見舞われることはある。

「……誰か～……、いませんか～……」

薄暗い石造りの地下牢の中、鉄格子越しに人を呼ぶ声が弱々しく響く。

高い天井の近くにある小さな窓が外の光を取り込んでいるが、わずかな光源では牢屋全体は照らせない。日が暮れれば気温は下がり、肌寒さと心細さが一層増していく。

暗闇に引きずり込まれそうな恐怖感に慣れることはなく、疲労と睡眠不足で身体は限界に近づいていた。鉄格子の向こうをいくら見つめても人の気配は感じられず、ララローズは深々と溜息を吐いた。

「……いつの間にか見張りの人も消えちゃったし誰も来ない……。私、いつまでここに閉じ込められるんだろう……」

冷たい石畳は体温を奪う。仕方なく、かび臭《くさ》い毛布の上に腰を下ろし、残りわずかとなった水差しに視線を向けた。

「……最後の一杯は残しておこう」

水源が豊富な国で水のありがたみをこんなふうに実感するなど、数日前までは考えられなかった。心細さを押し殺しながら両膝を立て、膝の間に顔を埋める。

まったく覚えのない罪を着せられてから三度日が昇った。食事と水は運ばれてくるが、体力と気力の消耗《しょうもう》が激しい。

ラローズ・コルネリウスは子爵家の娘だ。ヴェスビアス王国の王都から馬車で五日ほどかかる長閑《のどか》な農村地帯がコルネリウスの領地で、決して裕福ではない。いわゆる貧乏貴族の娘である。

数代前のコルネリウス当主がとある貴族に騙《だま》され事業に失敗し、財産と家財道具のほとんどを手放した。屋敷と領地は手元に残ったが、使用人は半数以下に減り、質素な暮らしを余儀なくされた。

コルネリウス家の男は代々お人よしと言われており、損をすることがたびたびあった。だが不思議とどん底までは落ちないので、人助けをしていれば幸運に見放されることはない、との教訓を掲げている。このように、誠実さや謙虚《けんきょ》さを美徳とする人柄が領民に好かれ、裕福ではないけれどそれなりに平和に暮らしている。

そんな家庭で育ったララローズは、貴族でありながら現実主義の働き者に成長した。嫁ぎ先を見つけるよりも、家族を守るために王城での働き口を探した。田舎すぎるが故に情報の伝達が遅く、政治の中枢から外れたコルネリウス家がこれ以上貧乏にならないためにも、貴族の動向や怪しい動きなど、気になることを実家に報せたかったからだ。身を守るためには最新の情報は不可欠で、また純粋に給金が魅力的でもあった。

伝手《つて》を頼り、十七歳で侍女の仕事に就いてから早三年。二十歳になったララローズの仕事は部屋の掃除や書庫の整理が主で、国王や大臣など高貴な方たちとすれ違うようなことなどないから気疲れすることもない。職場仲間とも良好な人間関係を築いている。

実家にも仕送りができるし仕事も順調で、充実した日々を送っていたのだが……。

今は窃盗《せっとう》の疑いをかけられ投獄中だ。

「なにかの間違いです……私なにも盗んでいません……」

——なんでこんなことになったんだろう。

何度も自問を繰り返すが答えが出ない。

捕らわれた三日前も、いつものように書庫の整理をしていた。元々書庫を管理していた者が高齢を理由に職を辞したため、ララローズのような下っ端の侍女が整理を手伝うようになっていたのだ。

仕事を終え、寮の部屋へ戻ったと同時にいかつい顔をした騎士に名前を尋ねられた。室内から発見されたと言われて見せられたのは、ララローズにはまったく見覚えのない見事なサファイアの宝石。

どうやら数日前から密かに行方不明となっていた国宝らしいが、そんなものが何故ララローズの部屋から発見されたのかわからない。同室だった侍女が王城を去ってからひとり部屋を利用していたのが仇となった。

物を隠しやすいだろうと言われ、他にも盗んだものがないかと部屋を検《あらた》められた。武骨な騎士が自分の部屋を荒らすのをじっと我慢して見続けるのは屈辱的だった。

投獄された当初は牢屋の見張り番もいたので、泣いて無実を訴え同情を買おうとしたがあえなく失敗。その後見張り番は休憩から戻ってこなかった。鬱陶《うっとう》しくなったのか、他で人員が足りなくなったのかはわからない。

その後は、耳が遠く口が利けない使用人が一日二回、食事を運んでくれるだけ。なにかを話そうとしても首を振られて去られてしまう。

三日目になればすっかり涙も出てこなくなった。ララローズの心に残ったのは純粋な怒りと不満。そしてこんな目に遭わせた犯人に理由を問いただしたい。

――一体誰が企てたのかしら。

盗んだ真犯人は別にいる。ララローズの部屋の合い鍵《かぎ》を使い、罪をなすりつけられる人物。だが気になるのは国宝の宝石が盗まれたという噂を誰からも聞かなかったことだ。いくら秘密だと言っても、人の多い城内で不審な動きがあれば目に留まる。人の口には戸が立てられないのだから、完全に隠し通すことは難しい。ましてや、噂好きな侍女仲間が話題にしないはずがない。

「こんな馬鹿げた投獄があってたまるものですか」

今まで慎《つつ》ましく生きてきた。誰かに恨まれるようなこともしていない、と思う。国宝を盗むなど打ち首になってもおかしくない大罪だ。そんな罪をなすりつけられるほどの恨みを買った覚えはまるでない。

こちらの話など一切聞かず、こんな劣悪な環境の牢屋に閉じ込めるなど、普通の貴族令嬢なら卒倒《そっとう》しているだろう。

投獄されていることは家族に知らされているのだろうか。皆が不安に思っていなければいいけれど……。

ラローズは顔を上げて悪い考えを吹き飛ばすように頭を振った。

――大丈夫、家族は私の味方だわ。いくら私がお金が好きでも、他人のものを欲しがる性格でないことはわかっているし、人を悲しませることなどしないって信じてくれるもの。

だが、後悔がひとつもないわけではない。

厄介《やっかい》なことに巻き込まれる可能性は少なからずあったのだ。

――今までが平穏すぎたってことなのかな……。お母様の言うとおり、お城になんて来なければよかったのかも……。

ラララローズの母は娘が王城で働くことに反対していた。危険だから、と。

それを無理やり説き伏せて働くことを選んだのはラララローズだ。王城に勤めながら将来の伴侶も見つけられるかもしれないと言って。

――残念ながら未来の旦那様候補とはまだ出会えていないけれど……。

いつか恋人ができるかもしれないと淡い希望を抱いていたが、近年では薄れつつある。気になった人がいなかったわけではない。けれどその人物とは一度会ったきりだ。そして王城で会ったわけでもない。どこの誰かもわからなければ恋とも呼べない。

――好きとかそういうのじゃないのに、忘れることができないって不毛だわ……。

家同士の政略結婚の必要がなければ、このまま一生仕事をしてひとり気ままに生きるのも悪くない。コルネリウス家の跡取りは弟がいるので問題ないだろう。

だがそれも、ラララローズの無実が証明されてからの話だ。

最悪なのは、このまま釈明《しゃくめい》の機会も与えられず命を落とすことだ。

ラララローズだけでなく、家族にまで危害が及ぶ可能性は高いし、財産と領地を没収されることは確実だ。

誠実さと謙虚さを美徳としていたコルネリウス家も、ここまでの危機を迎えたことはない。

自分ひとりの責任で済まされないことが恐ろしい。

「はぁ……、本当になんでこんなことに」

怒りと不安と心細さが混ざり合う。睡眠不足でまともに頭が働かない。

だが、今日何度目になるかわからない溜息を吐いたところで、誰かの足音が聞こえてきた。

——誰だろう？　食事係の使用人とも違う足音……。

投獄されてから時間の感覚が狂っているが、食事にはまだ早いはずだ。消えた見張り番が戻ってきたのだろうか。

コツコツと石の階段を下りてくる音が響く。なんとなくこの足音の持ち主は、兵士でも見張り番でもなさそうだ。歩き方に余裕と優雅さが感じられる。

——敵？　それとも味方？

ラローズは毛布の上から立ち上がり、軽くスカートの埃《ほこり》を払った。

この場に来てくれたのが誰でも構わない。自分の話を聞いてくれるのであれば。

だが自分を害するためにやってきたのだとしたら……。背筋に冷たい汗が垂《た》れる。

ぼんやりとした明かりが迫ってくるにつれ、緊張が高まり、心臓の鼓動が速さを増していく。

足音と明かりはゆっくりとララローズの前で止まった。

「……っ！」

片手に燭台《しょくだい》を持ち、ララローズを見つめてくるのは二十代半ばだろうと思われる若い男だった。空気が澱《よど》んだ場に不似合いな仕立てのいい服と、泥ひとつついていない軍靴を履いている。

体格が良く、隙のなさからして騎士のようだが、騎士団の制服は着ていない。

眩い金色の髪は太陽の光を浴びたらさぞ美しいだろうし、髪と同じ金色の瞳も陽だまりを閉じ込めているようだ――瞳の奥に冷ややかな焔《ほのお》がなければだが。

しばしぼうっと見つめていたララローズだが、ふと、その顔に見覚えがあるのに気づいた。

――えっ！　何故この人がここに……!?

思い出の中の人物が目の前に現れた。旅先の温泉地で少し話しただけのこの男とは、名前も交換していない。でも、もう一度会いたいと思っていた男だ。

呼吸を忘れて男を見つめる。ララローズの驚きは相手にも伝わっているだろう。

視線が絡み合い、目の前の男もわずかに目を瞠《みは》ったように見えたが、気のせいかと思えるほど些細《ささい》な反応だった。表情はすぐに硬質なものに戻り、冷たい眼差しが向けられる。

――もう一度会えたらいいなと思っていた人との再会がこんな牢獄でだなんて……切ないにもほどがあるわ。

この男は何者だろう。着ている服や佇《たたず》まいから、高位貴族であるのは確実だ。もしくはそれ以上の人物かもしれない……。手のひらがじわりと湿《しめ》ってくる。

——もしかしたら私が一番会ってはいけない人かも……。

唯一気になっていた男性が実は一番会ってはいけない人物だとしたら、これほど笑えないことはない。運の悪さに息をこぼしたくなる。

男はスッと目を細めてラララローズをじっと見つめた。途端、猛禽《もうきん》類に睨《にら》まれたような心地になった。

「……お前がララローズ・コルネリウスか」

低く硬質な声が地下牢に響く。記憶の中の声と一致はしたが、あのとき感じていた親しみは消えていた。

名前を呼ばれ、ララローズは背筋を伸ばし淑女《しゅくじょ》の礼をした。

「はい、コルネリウス子爵家の娘、ララローズでございます……」

ご機嫌麗しゅう、などという定型の挨拶《あいさつ》をするのも滑稽に思えた。牢屋でご機嫌伺いもないだろう。不自然に挨拶が止まる。

「俺はこの城の主、ジェラルド・アレクシス・ヴェスビアスだ」

「……っ！　国王陛下……」

——や、やっぱり……！　最悪だわ……！

ジェラルド・アレクシス・ヴェスビアスは御年二十五歳の若き国王である。今まで一度も城内で姿を見たことがなく、年齢と金髪金眼という特徴しか知らなかった。ラローズの身体が緊張のあまり冷えていく。

コルネリウスの屋敷を出る前、母のデイジーから何度も約束させられたことがある。絶対に、国王陛下には近づいてはいけない、ということだ。彼の視界にも入るなと言われたが、ララローズは王族の侍女になれるような高い身分の貴族ではないし、国王に拝謁《はいえつ》する機会など奇跡が起きない限り起こらないだろうと思っていたのに……。

その奇跡が起こってしまった。

ジェラルドは頭を下げ続けるララローズに頭を上げろと言い、ふたたび視線を合わせてきた。真正面から力強い眼差しを受け止めるララローズには逃げ場がない。

端整《たんせい》な顔立ちをしているためか、無表情でも恐ろしい。醸《かも》し出す空気が鋭利《えいり》だ。

温泉地での彼は紳士的だと思ったが、どうやら思い出を美化していたようだ……と頭の片隅で考えていたところに、質問が投げかけられた。

「イングリッドを知っているか」

「……」

思わず間抜けな声を上げそうになったが、寸前で口を引き結んだ。

少しの動揺も見逃さない、心の奥まで見透かされそうな目だ。ララローズは動揺を押し殺し、平静を保とうとした。

「……恐れながら、その名前の知り合いは心当たりがございません」

迷った時間はわずかだった。ララローズは曖昧な嘘をついた。

確かにララローズの知り合いにイングリッドという女性はいない。だがその名前の持ち主が誰であるかは知っている。

イングリッドは、ララローズの母方の曾祖母の名前だ。希代の魔女と謳《うた》われた曾祖母の本名は、イングリッド・メイアン。

絶対にイングリッドの子孫だと知られてはいけない。それが城勤めをする上での、母、デイジーとの条件であった。

ジェラルドは視線を逸《そ》らさぬままララローズを観察すると、指を一本ずつ立て、わかりやすく命じた。

「一、今から俺に嘘をついたら明日お前を処刑する。二、質問には簡潔に、はい、もしくは、いいえで答えろ。嘘をついたとわかったら、お前の家族も連帯責任とする」

「……っ」

処刑方法は選ばせてやる、と続き、ララローズは絶句する。寛大だろう？　とでも言いたいのかもしれないが、とんでもない。心臓がひと際大きく跳ねた。

背中は嫌な汗でびっしょり濡れていて、気合いと根性のみでこの場に立っている状態だ。

ララローズは口内にたまった唾をこくりと呑み込んだ。

「もう一度問う。イングリッドという名の魔女を知っているな？」

――正直に話したら温情をかけてくれるのかしら。いえ、彼の辛らつな物言いを聞く限り、恐らくそんなことはないわ。

この場から解放されるという確約が欲しいが、残念ながら簡潔に答えろと命じられている。

心の中で溜息をひとつ落とし、己の人生の短さを嘆く。

――お父様、お母様、先立つ不孝をお許しください。

遺言くらいは家族に届けてくれるだろうかと思いながら、ララローズは正直に「はい」と答えた。

「イングリッドとお前の関係性は？」

「母方の、曾祖母です」

イングリッド・メイアン。絶大な力を誇り、歴史の裏側でたびたび暗躍《あんやく》したと言われる魔女だ。

表向きの歴史書には魔女の存在は記されていない。怪しげな術を使い、人を惑わす魔女がいたことは認めていないのだ。

魔女とは身の内に膨大《ぼうだい》な力を宿し、無から有を作り出せる稀有《けう》な存在で、人の形をした神の使いとも悪魔の手先とも呼ばれている。自然すら操ることができ、人とは別次元に生きる者だ。

魔女がどうやって生まれ、なにができるのか。詳しいことを知る人物がいないため、ラローズも具体的にはわからない。知っているのは、魔女の力は血によって代々娘に継承されるらしいということだけだ。

しかし先祖が魔女でも、ラローズは自分が魔女だとは思っていない。母親も同じく普通の人間として暮らしている。今まで不思議な力が使えたこともない。せいぜい花を綺麗に咲かせ、雨が降ることを察知することくらいしかできないのだ。

——イングリッドは一体なにをやらかしたんだろう……。

ヴェスビアス王家と確執があることは察している。しかしなにをしたのかは聞かされていない。母親が口を割らず、詳しいことを教えてもらえなかったのだ。

「イングリッドの子孫か」

ジェラルドがぽつりと呟いた。

顔色ひとつ変えず、翌日には処刑すると脅してくるジェラルドが恐ろしい。正直に答えたが、命が助かったとも思えない。

ジェラルドは思案するように黙り込んだ。そんな彼の視線に晒されたまま、ラローズは一瞬も気を緩《ゆる》められず、己の呼吸音すら意識してしまう。

ジェラルドの手が鉄格子の隙間に入ってきて、ラローズの顎《あご》をグイッと掴んだ。燭台を顔の真横まで近づけられる。

「珍しい色合いだな。黄昏《たそがれ》時の瞳の奥に、銀の星……なるほど。お前も魔女の目を持っているのか」

以前、温泉地で昼間に顔を合わせたことがあるが、わずかな時間だったため気づかれなかったらしい。その次は夜だった。互いの目を至近距離で見つめ合うのもこれがはじめてだ。

魔女は瞳の奥に星を宿すと言われている。瞳の色は様々だが、不思議な光彩を放つのだ。血が薄れてもこの目の特徴は受け継がれるらしい。

大抵の人間はその星までは気づかないし、気づいたとしても不思議な虹彩だと褒められるだけ。魔女の証だと気づく者などに出会ったことがなかった。

ジェラルドはララローズの瞳を確認し納得がいったようだ。イングリッドとの決定的な繋がりを見つけたと言わんばかりに、口元にうっすら笑みをのせている。

微笑まれて悪寒がするなど口が裂けても言えないが、不吉な予兆に思えて身体が震えそうになった。

——怖い……！

この凍てつくような気配を抑えて柔らかく微笑めば、年頃の令嬢はすぐに恋に落ちるだろうに。彼はいまだに妃を迎えず、婚約者も決まっていない。周囲に女性の気配が一切ないことでも有名だった。

顎に触れられていた手がするりと下に下りていく。

大きく武骨な手は剣を握る手だ。硬い皮膚が首に触れ、命の危機とも違う危機感がわき上がり、肩がぴくりと揺れそうになった。

「ラララローズ」

名前を呼び、ジェラルドはラララローズの細い首に手を這《は》わせ、ゆっくりと掴む。力を込めればへし折ることもできるだろう。

今、生死を握られているのだと、ラララローズは状況を正しく理解した。意識的に呼吸を整え、ジェラルドの金色の瞳を直視する。

――落ち着いて。まだ、殺されないはず。私には利用価値が残っている。

ジェラルドの目的が聞けていない。恐らくこの窃盗事件もジェラルドがラララローズの存在に気づき、企てたことだろう。こうしてやってくるのに三日もかけた理由はわからないが、精神的に揺さぶりをかけるためには気力と体力を奪うのが先だと考えていそうだ。

誰にも邪魔されず秘密の話ができるのが牢屋しかないというのは残念だ。他に誰もいない地下牢なら、人払いさえされていればなにを話すのも自由だ。面倒ごとも最小限で済む。

大型の獣《けもの》を彷彿とさせる優雅さで、ジェラルドはゆったりと声をかけた。

「お前に選択肢をやろう。イングリッドの血を引く者をひとり残らず殺されたいか、お前の身体を俺に差し出すか……選べ」

「え……？」

うっそりと笑みを浮かべる男に恐怖心が増す。冷酷な国王との呼び名通りの非道である。

——イングリッドの血を根絶やしにするって……私だけでなく、おばあ様もお母様も弟も、全員巻き込んで殺すってこと？

ぞわりと産毛が総毛立つ。

選択の余地がない選択肢を与えるなんて卑怯だと言わざるを得ない。

——私の身体でなにをするつもり？

人体実験はやめてほしい。製薬の試験体にされるのも、悪魔を降臨させるための生贄《いけにえ》にされるのも絶対に嫌だ（悪魔がいるかは知らないが）。

——でも、地下牢まで陛下自らがやってきて、こんなことを言いだすということは、他の者になるべく知られたくなかったからじゃないかしら。どうしても私が必要ということ？　イングリッドの血を引く者を捜していた？

ならば、こちらからも条件を提示できるのではないか。大人しく従う代わりに、双方にとって利益となる交渉を持ちかける。国王相手に交渉など恐れ多いことではあるが、家族の命を盾に取られたらなりふり構っていられない。

「……選ぶ前にこちらも条件がございます」

「ほう、条件か」

この状況下でそんなことを口に出せる度胸を面白がっている表情だ。先ほどまでまったく温度を感じさせなかった目の奥が、今は少し笑っているような気がする。興味深いとでも言いたげに。

「私と私の家族の命を保証してください。家族に傷をひとつもつけないとお約束していただけるのであれば、私の身体を陛下に差し出しましょう」

「命の保証をすればお前は自分を犠牲にしてもいいと」

「……それが最善だと思いますので」

他に選択肢がないならこれしか選べない。

ラララローズの気持ちなどお見通しだろう。ジェラルドの笑みが深まった。

「お前の命の保証は、どこまでのことを指す？　呼吸をし、受け答えができる状態であれば、条件破りにはならんだろう」

「……人としての尊厳を傷つけないこと、血を流すことはしないことを含みます」

「どちらも難しいな。特にふたつ目は」

ラララローズは息を呑んだ。安易に引き受けていたら、血を流す羽目《はめ》になっていたのか。

危機感が一層増す。

「私の身体を切り刻むような猟奇的なことがお好きで……？」

「身体を切り刻むようなことはしないが、場合によっては血が出ないとも言えない」

どことなくからかいの色が浮かんで見える。

場合によってはとはどういうことか……嫌な可能性が頭をよぎる。

――……まさかね？　殺したいほど憎い一族の女を抱くなんて、酔狂《すいきょう》にもほどがあるわ。

夜の相手に困っているとは思えない。いやむしろ、そのような噂話は聞いたこともない。

ジェラルドは女性の影がまったくないことでも有名だ。恐ろしく隠し方がうまいのだと思っていたが、女性が性の対象でないということも考えられる。

「……私が嫌だと言ったことはしないと誓っていただけるのでしたら、どうぞ私の身体を差し出します。ただし、魔女との約束は絶対ということをお忘れなく、陛下」

――私は自分が魔女だとは思っていないけど。

自分は人間だが、この際利用できるものは利用しよう。ララローズが魔女ではないという証明は誰にもできないのだから。

ようやくジェラルドの手が放される。

一歩退きたい衝動《しょうどう》を堪え、ララローズはその場でふんばった。せめてもの矜持として背筋は凛と伸ばしたまま、視線の強さに負けないようにして。

「……いいだろう。その条件、呑んでやる。だがお前の身体は自由に使わせてもらうぞ、ラローズ・コルネリウス」

　ジェラルドの片手には牢屋の鍵が握られていた。

　鍵穴に差し込まれ、重い金属音が響く。

　ララローズは三日ぶりに地下牢から解放された。

　だがその手首は、ジェラルドの手にがっしりと掴まれている。ララローズは手首を拘束されたまま、王の私室に連れ込まれることになった。

第二章

投獄のおよそ一年前、ララローズはヴェスビアス国の王都からほど近い温泉地に来ていた。

王都から日帰りが可能なこの温泉地は、国内でも有名な観光地だ。たまたま二日連続の休暇が取れたため、旅でいろんな人と交流することが大好きなララローズは、自分へのご褒美として一泊二日の旅行を計画したのだ。

ワインの産地が近くにあるので、おいしいワインも飲めて美肌で有名な温泉にも入れる。日頃は贅沢などしないが、奮発して評判のいい宿を押さえていた。女性ひとりの旅行者は多くはないが、珍しくもない。特にこの地は王城で働く侍女たちにも有名な保養地のため、宿の主に怪しまれることなく泊まることができた。

その日は珍しく蒸《む》し暑い日だった。この国は真夏でも過ごしやすい気候で、風がなく外を歩くだけでじっとりと汗をかくような日は滅多にないのだが。

——まさかこんなに気温が上がって陽射しも強くなるなんて……帽子をかぶってくれば

よかったわ。

商店が立ち並ぶ通りを歩きながら、ラララローズは喉の渇きを覚えていた。冷たい水が欲しい。できればすっきりと清涼感のある果実水が飲みたい。

どの店も窓を全開にしているが、爽《さわ》やかな風は入り込んでいないようだ。これでは暑さで体調不良になりそうだった。

木陰で涼みながら休めるところを探していると、土産物屋の店の前で飲み物を売っている屋台を見つけた。檸檬《れもん》と蜂蜜《はちみつ》と氷を混ぜた檸檬水《レモネード》のようだ。

――おいしそう！　まさしく今私が求めているものだわ。

一杯もらおうと屋台に近づこうとした瞬間、店主と思しき中年女性が檸檬の入った木箱に足を引っかけ転倒してしまった。木箱が倒れ檸檬が転がってくる。

ラララローズは慌てて駆け寄り、声をかけた。

「だ、大丈夫ですか！」

「いたた……」

檸檬を拾い女性に近づくと、彼女は膝を押さえていた。血は出ていないようだが盛大に打ちつけたらしい。

「ごめんなさいね、拾ってくれてありがとう……」

「いえ、それよりも怪我は？　立てますか？　どこか休めるところを……」

「この店がうちなんだよ……夏の期間だけこうして店先で檸檬水を売っているんだけどね、この調子だとしばらく立てそうにないから今日はお休みにしようかしら……」

ラララローズは女性の身体を支えながら店の中に入り、椅子に座らせた。転んで打ちつけた膝は、内出血を起こしていて痛々しい。うっすらと血も滲《にじ》んでいる。

薬箱の場所を尋ねて、すぐに持ってくると、手早く応急処置をした。数日安静にしていれば良くなるだろうが、痛みがひどい場合は医者に見せたほうがいいとも伝える。

「ありがとう、お嬢さん。息子がいたらこんなことにはならなかったんだけどね、買い出しに行っていて今はいなくて……元々今日は人手不足だったのよ」

「いえいえ、でも、せっかくこんな暑い日なのに、お店を閉めちゃうのはもったいないですね……」

まだお昼を少し過ぎたぐらいの時間帯だ。夏は特に観光客で賑わっているから稼《かせ》ぎ時だろう。

特にこの通りは人の行き交いが多い。蒸し暑いこんな日に半日店を閉めたら売り上げに響く。

――うん、やっぱりもったいないわ。せっかくの稼ぎ時に稼げないなんて。

「あの、檸檬水って作り方難しいですか？　お店の秘伝のレシピとか、人に簡単に教えられないようなものですか？」

「いいや、家庭で作れる程度のものだけど……」

女性が怪訝《けげん》な表情を浮かべる。

「では、もしよろしければ、息子さんが帰ってくるまで私が店番をしますよ」

「それは……すごくありがたいことだけど、いいのかい？　観光で来ているんだろう？」

「大丈夫です。特に予定があるわけではないので。それに、檸檬水をお腹いっぱい飲みたいなって思っていたんですよ」

ララローズが笑うと、女性は「おやまあ、好きなだけ作って飲んでいいわよ！　ありがとうねえ」と手を握りながら何度も礼を言ってきた。遅くとも夕方までには息子が戻ってくるそうだ。

こうしてララローズは、息子が戻るまでの数時間、檸檬水を飲ませてもらうのを賃金代わりに、店を手伝うことになったのだった。

作り方はすぐに覚えられた。元々手先も器用で要領よく動ける。城で侍女をしていると告げたらひどく驚かれたが、得体の知れない人間ではないとわかり、安堵もしていたようだった。

まずは試しに一杯、自分用に作って味見をした。疲れた身体に程よい酸味と甘みが染みわたる。特別な材料は入れていないはずなのに、素材がいいのか、とてもおいしく感じられた。

ラローズが屋台に立つと、すぐに人が集まってきた。やはり皆喉が渇いていたらしい。数人列をなしているのを見ると、臨時の手伝いとはいえ気合いが入る。

あらかじめ絞《しぼ》っていた檸檬汁と蜂蜜と氷水を合わせ、薄切りの檸檬を入れるだけ。ひとりで会計をして飲み物を手際よく作るのも、何度かやっていくうちに慣れてきた。

人の波が途切れたときに檸檬を切り、仕込みを終わらせ、笑顔で接客をする。近隣の店の店員から気遣いの声をかけられたりと、王城で働くだけでは得られない経験をしてとても新鮮な気持ちになった。

——私、こういう接客も向いてるのかも。店の看板娘とか。

勝手に想像してほくそ笑む。仮にも貴族令嬢が屋台の手伝いをするなど王都では考えられないが、王都から離れた町だからこそ体験できることだった。

「ひとつ頼む」

ちょうど檸檬を切り終えたところで、声がかけられた。腰に響くような低音の美声に、ララローズは一瞬ぶるりと身震いし、顔を上げる。

まず、視界に飛び込んできたのは太陽に照らされて輝く金の髪。そして宝石のように美しい髪と同色の目。精悍《せいかん》な顔立ちをしたその男は服装こそ質素に見えるが、滲み出る雰囲気と存在感からして、一目見て貴族とわかる。

暴力的なまでの美貌《びぼう》に思わず呆気にとられたが、すぐに我に返った。

「はい！　すぐにお作りします」

手際よく檸檬水を作って手渡し、お代を受け取る。

「ありがとう」

礼を言い、去っていく後ろ姿をつい見つめてしまう。その姿が見えなくなって、そっと息を吐いた。どうやら無意識に息を詰めていたらしい。

――今まで見たことないような美形だったわ……。

恐らく観光客だろう。この辺の住人なら、ラローズと店主の関係について尋ねてくるはずだ。

顔が熱いのは暑さのせいだけではなさそうだ。面食いではないはずだけれど、心臓がドキドキしている。旅のいい思い出になりそうだ。

それからしばらくして店主の息子が戻り、店番のお礼に特産品のワインを一本いただいた。こちらから申し出たのに、檸檬水飲み放題の上にワインまでいただいてしまって恐縮する。ともあれ、その日の売り上げはとてもよかったらしく、大いに喜ばれてほっとした。

その後ひとりで観光して、食事とワインを堪能《たんのう》し、ほろ酔《よ》い気分で宿に戻った。お腹が満たされると眠気がやってくる。湯浴みをせずにひと眠りしたのだが、夜中にはっと目が覚めた。

月が高く昇り、酒場も静まり返っている。

――いけない、汗を流そうと思っていたのに寝ちゃっていたわ。まだ一回しか温泉を堪能できていないなんてもったいない！　でもこの時間なら独り占めできるかも。

ラララローズが泊まっている宿では夜中でも入浴ができる。眠気はすっかり覚めていたため、いそいそと着替えとタオルを手に持ち、部屋を出た。

人気のない宿の通路を静かに歩き、入浴場へ向かう。

女性専用の脱衣所からそっと中を覗くと、露天風呂となっている岩風呂は思った通り誰もいなかった。

――やった、独り占めだわ！

高揚しながら脱衣所で服を脱ぎ、タオルを持つ。日中の蒸し暑さは消えて、外の空気がちょうどいい。風呂場は湯気《ゆげ》が立っていて、温泉の独特な匂いが鼻腔をくすぐる。

乳白色に色づいた湯は触り心地がとろりとしている。肌がしっとりしそうだ。疲れを癒《い》やし、美肌になるという湯を存分に堪能すべく肩までゆっくりと浸かると、ほっと溜息が零《こぼ》れた。

「はぁ……気持ちいい……」

誰の目も気にせず露天風呂を独り占めできるとは、なんとも贅沢だ。ワインも食事も素晴らしかった。

存分に英気を養えたことに満足しながら目を閉じていると、ふと、人の気配がした。

――あら残念、同じことを考える人が私以外にもいたのね。

しかし岩風呂は広い。他に人がいても十分寛《くつろ》ぐことができる。いたるところにランプがあるし、今日は満月なので夜とはいえ明るいほうだが、少し離れていれば他人は気にならないだろう。

ラローズは気にせず肩まで湯に浸かって寛いでいた。が、少し移動しようと身体を動かした瞬間、つるりと足が滑《すべ》り、重心が崩れてしまう。

「え……ッ！　きゃあ……」

バシャン、と大きく湯が跳ねて、すぐさま身体が湯の中に沈んだ。

突然のことにララローズ自身も驚いた。

思わず湯を飲んでしまい手足をばたつかせていると、誰かにグイッと腕を引っ張られる。

「おい、大丈夫か」

身体を引き起こされるが、お湯が気管に入ったために、激しく咳き込んでしまう。しばらくすると呼吸が落ち着いてきて、ほっとしたララローズは、顔にはりついた髪の毛を手で払った。アップにしていた髪は解けてしまったようだ。

「……っ、す、みませ……」

助けてくれた人物に礼を告げようとして、はたと気づく。片手で引っ張り上げた逞《たくま》しさといい、先ほどの声の太さといい、とても女性とは言いがたい。

怪訝に思いつつ、岩肌に手をつきながら振り返ると、ララローズを助けてくれた人物が物言いたげな視線を向けていた。下半身は湯の中だからあまり見えないが、鍛えられた上半身は明らかに女性のものではない。だが、明るい金色の髪のその人物には見覚えがあった。

――……昼間、檸檬水を買いに来た美形のお客さんだわ……！

目の前の男が呆《あき》れた眼差しを向けてくる。

「その顔、深夜は混浴になるのを知らなかったのか？　男目当てに来ているにしては無防備すぎるしな。いずれにしても、不用心だぞ」

「混浴……!?　知らなかった……！　いえ、それよりもありがとうございました。足が滑っちゃって、まさか溺れそうになるなんて……」

己の間抜けさが恥ずかしい。こんな美しい男性に自分の粗末《そまつ》な身体を見られるなんて、涙目になりそうだ。

――落ち着いて、大丈夫。夜だし、そんなに明るくないし！　お湯だって色がついているし、湯気も立っているもの。

だが、ちらりとは見られたかもしれない……。恥ずかしすぎて顔に熱が集まってくる。

しかし男が言うように真夜中によく確かめもせず、露天風呂に入るなんて不用心すぎた。なにか間違いがあっても自己責任だ。

早く立ち去りたいが、助けてもらった手前逃げ出せない。どうしたらいいものか考えあぐねていると、男が口を開いた。

「怪我はないか」

「だ、大丈夫です」

男は嘲笑《あざわら》うわけでも下卑《げび》た表情を見せるわけでもなく、ラララローズの身体を案じてくれた。その声につられるように顔を上げて、真正面から男と向き合う。

月明かりに照らされた男は、神話に出てくる男神のように凛々しく美しい。濡れた髪は後ろに撫《な》でつけられ、その金色の毛先から滴《したた》る雫のひとつまで、計算された美に思えた。知らず感嘆の吐息が漏れそうになる。

——やっぱりかっこいい……。昼間見たときよりキラキラして見える……。

なんでだろうか。自分でもわからないけれど、月明かりに照らされた美貌の男が湯に浸かる光景というのは、滅多にお目にかかれるものではないだろう。眼福だ。

冷静に考えれば見知らぬ異性と同じ湯に浸かるなど、未婚女性にとってあるまじき行為だ。この場からすぐに逃げ出すべきなのだが、ラララローズはいつの間にか男の色香に酔わされてしまっていた。

「なんだ、のぼせているのか？　湯あたりを起こしているなら早く出たほうがいい」

男が心配そうに眉根を寄せた。

ラララローズはハッとして、頭を左右に振る。

「いえ、ちょっといろいろびっくりして……。あの、今日檸檬水を買ってくれましたよね。ありがとうございました」

「……ああ、見覚えがあると思ったらあの店の娘か。何故宿に泊まっているんだ？　この町の住人じゃないのか？」

「私は観光客で、臨時で店番をしていただけなんです。お店の女将さんが怪我をしてお店に立てなくなってしまったから。せっかくの稼ぎ時に店を開けないなんてもったいないので」

「無関係なのに手伝っていたのか。随分なお人よしだな。店番をしたら観光ができないじゃないか」

「元々温泉と食べ物のことしか考えていなかったので……代わりに、檸檬水を飲み放題にしてもらったし、特産のワインもいただきましたし、そもそもこういう店番ってはじめてだったのでいい思い出になりました。地元の方にも声をかけていただいて、楽しかったですよ」

　昼過ぎから夕方までの数時間だが、いい経験になった。

「そうか。君は連れはいないのか？」

「ええ、ひとりで来てます」

「ひとりで？　ならばもっと用心しなければダメだろう。この地は比較的治安がいいが、羽目を外す人間がいないわけではない。人気がない真夜中に女湯に忍び込む男がいたらどうする」

「う……、そうですよね、ごめんなさい。旅行気分で浮ついて判断力が鈍っていました……」

だがその理論でいくとこの男も危険と言える。

助けてくれたとはいえ、簡単に信用するべきでないのでは。逃げた方がいいのではないかと考えていると、男が喉奥でくつくつと笑いだす。

「安心しろ、君を取って食ったりはしない。俺にだって選ぶ権利はある。……まあだが、それが正しい反応だ」

岩肌に背を預けた男が、非常に紳士的な目線をラララーズに向けてくる。失礼だっただろうかと思ったが、考えるのをやめた。警戒心を抱くべきだと言ったのは男の方だ。

ある程度の距離を保ちながら、ラララーズは男に話しかける。

「あなたはどうしてこんな時間に来たんですか？」

「月が綺麗だったからな。空を見上げながら湯に浸かるのもいいだろう」

男が首を上げた。頭上には真ん丸な月がこちらを見下ろしている。雲ひとつなく、風もない夜だ。この場にお酒があったら最高だろう。湯あたりを起こしそうだけれど。

「いつまでここに滞在するんだ」

「明日帰ります。でも帰る前に山奥の滝にも行ってみるつもりです。すごく綺麗って聞いたので」

「あそこは、女の身で行くのは少々きつくないか？　男でも音を上げる獣道だと聞いたが」

「そうなんですか？　でも行ってみないとわからないから行ってみます。せっかくここに来たんですもの、やらなくて後悔するよりやって失敗する方がいい。危険だと思ったら諦《あきら》めます」

「なるほど。自分の目で判断するまで諦めないのはいい心がけだ」

「あなたは？　どうしてこの温泉地に？」

「まあ、仕事……のようなものだな。俺の毎日は四六時中仕事をしているようなものだ」

「へえ……仕事お好きなんですね」

「……なぜそう思う？」

「だって好きじゃないとそんなに毎日できないでしょう」

「好き……か。考えたこともなかったが」

仕事についてはあまり詮索《せんさく》しない方がよさそうだ。男が貴族ならきっと仕事も好きか嫌いかなど、単純な話ではない。

男はなにやらじっと考え込み、ララローズに問いかける。

「君は自分の運命を信じるか？　もしも自分の一生が生まれたときに決められていたとしたら、どうする？」

妙な間に戸惑う。からかわれているのかと思ったが、男の顔はやけに真剣でつい真面目に考える。

「……運命が決められているなんてこと、あるのかしら。でももし運命ってものがあるとしても、人は生まれて死ぬのはみんな一緒でしょ？　いつ死ぬかはわからないから、生きているうちにやりたいようにやるわ。私は自分の意志でいろんなことをやっていきたいの」

「……そうか」

そろそろのぼせそうだったので、ララローズが湯から上がると告げると、男は視線を背けてくれた。紳士的な振る舞いにも好意を抱く。

手早くタオルを巻き付け、ふたたび礼を言ってから脱衣所に向かった。なんとも形容しがたいくすぐったい気持ちを抱きながら。

――名前訊かなかったけど、尋ねるのも無粋《ぶすい》よね。

旅先で会った人間とふたたび出会うことは難しい。今宵の記憶は、少し恥ずかしくて綺麗な思い出として残したらいい。

髪をまとめていた髪留めを露天風呂に落としたと気づいたのは、王城への帰路についてからだった。忘れ物をひとつ残した旅は思い出深いものになった。

ララローズは一度会っただけのこの男をたびたび思い出しては、またどこかで会えないかなと淡い期待を抱いていた。もちろん本気で会えるとは思っていなかったけれど。

だが、あのときの男と王城の地下牢で再会するなど、夢にも思わなかった。

◆
◆
◆

——こういうのを運命の悪戯《いたずら》って言うのかしら……。

いつも掃除を任されている部屋との内装の違いに内心唖然としながら、ララローズは煌びやかな廊下を歩いていた。前を歩く男は一度も振り返らなければ、ララローズに歩幅を合わせることもない。彼の背中を見つめながら、ララローズの頭は情報を整理しようとくるくる動いていた。

一年も前の記憶だが、この整った顔を見間違えるはずがない。声はあの日とは比べものにならないほど冷たいけれど、敵意を抱かれているのだから当然だ。

——あのとき、貴族かもしれないとは思ったけど、まさか国王だとは思わなかったわ。国王が護衛も連れず夜中に温泉に入るなんてあり得ないじゃない。不用心って言葉、そっくりそのままお返ししたいわ。

何故あの温泉地にいたのだろうか。視察でもしていたのだろうか。

それより、一体これからどうなるのか見当もつかない。家族の身の安全は保証してもらったが、彼の言葉を鵜呑みにできるほど、ララローズはジェラルドを知らないのだ。

じっとりと汗をかきながら、今まで足を踏み入れたことのなかった王族の居住区を進む。

――毛足の長い絨毯《じゅうたん》なんてはじめて踏んだわ。掃除が大変そう……。

ふかふかの絨毯をこわごわ歩く。無造作に置かれている美術品の数々も歴史的な価値が高いのだろう。壊したら一生かけても弁償できなさそうだ。恐ろしくて近寄りたくもない。

――こんなときだけど、汚れと臭いが気になるわ……。

使用人は常に清潔さを保つように言われているため、侍女は大浴場が毎日使えるのだが、投獄されてから湯浴みをしていない。しかも一日働いた後に拘束されたため、四日汗を流していないことになる。

薄暗く寒い地下牢では気にする余裕もなかったが、日中の煌びやかな王城内を歩くとなると身だしなみが気になって仕方ない。

たどり着いた部屋の前ではいかつい騎士が見張りをしていた。ジェラルドの姿を認めると彼らはすぐに重厚な扉を開く。が、扉を通り抜けるところで、ララローズへ不審な視線が向けられた。

「陛下、そちらは」

「気にしなくていい。この者はしばらく出入りを許可する」

「はっ。ですが、この者の身元は」

「お前の耳は飾りか？　俺が気にするなと言えば詮索するなという意味だ」

「し、失礼しました」

騎士たちが硬直したようにぴしりと口を閉ざした。国王の身辺警護をしているのなら近衛騎士だろう。ララローズは居たたまれない気持ちになる。

――どう見ても薄汚い侍女なんて不審者だわ……真面目な騎士に申し訳なくなる……。

なにも言えずそっと顔を伏せていると、そのまま室内へと連れ込まれた。

この部屋は国王の私的な執務室のようだ。執務机の他には向かい合わせに置かれた長椅子があり、一画が応接間のようになっている。部屋の調度品はすべてどっしりと重厚感がありながら煌びやかな印象がある。どれも一級品なのだろう、絶対に触れたくない。

広々とした執務室を抜けた先にはふたたび扉があった。どうやらいくつかの部屋が繋がっているらしい。

――衣装部屋とかかしら。

足を止めようとしないジェラルドは、きょろきょろするララローズを後目にまっすぐ隣室へ連れ込んだ。

──え、ここって……！

部屋の中央に置かれているのは天蓋《てんがい》付きの寝台だ。ラララローズの心臓が嫌な鼓動を立てる。

──もしかして私、寝室に連れ込まれてる？

このまま寝台に転がされたらどうしよう、と焦《あせ》ったが、杞憂《きゆう》に終わった。

「身体を洗って汚れを落とせ」

ポイッと放り投げるように押し込まれたのは、寝室の隣にある浴室だった。

ジェラルドの体格に見合うほど大きな浴槽《よくそう》と洗い場がある。国王には専用の大浴場があると聞いていたが、寝室の隣にも浴室があるとははじめて知った。

「あ、あの……？」

「何日も湯浴みをしてないだろう。臭うぞ」

「〜〜っ！」

──一体誰のせいだと！

ララローズの顔に熱が上がる。言いたいことをぐっと堪え、「お心遣いに感謝します」と無難に答えた。

正直、浴室を使わせてくれるのはありがたい。

「あの、着替えはどうしたら……」

「そこに新品の服があるだろう。とりあえずそれを着ろ」

ジェラルドが指差した場所には、着替えが入っているらしい籠《かご》があった。

——最初から用意されているなんて用意周到すぎる気がするけど。

誰に用意させたのだろうか。気になることが多いがまずは遠慮なく湯を使わせてもらおう。

「ありがとうございます」

「いいから早く入れ」

そう言うが、ジェラルドは浴室の扉に背を預け、腕組みをしたまま出て行こうとしない。

「……あの、陛下」

「なんだ」

「着替えの場所も教えていただきましたし、見たところ洗い場の使い方も侍女が使う大浴場と変わらないようですので、もう問題ございませんが」

いつまでいるつもりだという念を送るが、当の本人は鼻で笑い飛ばした。

「なにか不都合でもあるのか」

「……はい？」

「一度見た仲だ、気にせず入ればいいだろう。なんの問題がある」

——やっぱり私と出会っていたことに気づいている……それにしても横暴だわ……！

思わず怒りの言葉が口から出そうになるが、ぐっと我慢する。命の保証はされているが、今後の扱いに影響があるかもしれない。

——確かに間違えて混浴する羽目になったけど、夜だったし全部は見えてないはずだし、改めてこんな場所で全裸になれるわけないじゃない！

心の中でゆっくり数を数え、理性的な声と言葉を意識する。

「ご冗談が過ぎますわ、陛下。嫁入り前の女性の肌を堂々と覗き見したいなど、紳士としてあるまじき発言です。それに私も、この汚れた肌を陛下のお目に晒すなどそんなご無礼はできません」

ジェラルドの視線がラララローズの頭からつま先まで移動する。値踏みをされている心地だ。記憶の中よりも意地の悪い表情を浮かべ、また鼻で笑われた。

「まったくもって色気を感じられんな」

——は？

今喧嘩《けんか》を売られたのだろうか。ラララローズの頬が引きつりそうになる。

普段は冷静沈着に、自分の立場を弁えて理性的に行動することを心がけているが、ラララローズの性格は実は従順とは真逆である。

侍女として働いているときは当然声を荒らげることも、異を唱えることも滅多にしないが、素の性格は気が強い。思ったことを口にするし嫌なことは嫌だと言う。命の危険が迫っていても、相手が自分より身分が高い者であっても、理不尽に対しては断固拒否すると決めていた。

ララローズの母親もはっきりした性格なので、遺伝的なものなのかもしれない。もしくは魔女の血の影響か。

——落ち着かなきゃ。相手はからかっているだけだわ。

ならば自発的に出て行ってもらったらいい。

ララローズはジェラルドに近づき、彼のクラヴァットに手を伸ばした。

「なにをしている？」

「先に湯浴みをしたかったのですね、陛下。気が利かず申し訳ございません。私は外で待機しておりますのでどうぞごゆっくり」

一緒に浴びたいのかと誘惑めいたことでも言ってやろうとも思ったが、やめた。本当に一緒に入ると言われたら逃げ場がない。

そうこうしているうちに、クラヴァットが解けて床に落ちる。滑《なめ》らかな手触りのそれは、ララローズの給料の何日分だろうか。

それにしても、途中で止めると思ったのに、ジェラルドは何故かやめろと言わない。どこまでララローズがやれるのか見届けてやってもいいと言いたげな視線だ。

焦ったララローズはジェラルドの上衣から手を放そうとする。が、それより早く彼の手に捕まった。さらに彼は、あろうことかララローズの手を自身の胸元に押し付けてくる。

「脱がすんだろう？　早くすればいい」

「っ！」

空気の色が一気に変わった。冷酷で恐ろしくもあるのに、ジェラルドからは色香が滲み出ているかのようだった。鋭い眼差しの奥に焔が見える気がする。

慣れない男女の駆け引きなどするのではなかった。今すぐこの場から逃げたくてたまらない。

――なにか言わなければ……っ。

猛獣に食われてしまうような危機感を覚え、ララローズが慌てて薄く口を開いた瞬間、浴室の外からジェラルドを呼ぶ声が響いてきた。

「陛下、どちらにいらっしゃいますか」

男性の声だ。ジェラルドの側近だろうか。

ジェラルドの意識が外に向けられ、拘束が緩んだ瞬間、ララローズはパッとその手を振りほどいた。

「チッ、時間切れか」

ジェラルドが舌打ちをする。先ほどまでの淫靡《いんび》な空気が霧散《むさん》していた。

彼は苛立った表情で浴室の扉を開こうとしたが、ふとララローズを振り返る。

「俺の部屋から出るなよ。逃げたら許さない、地の果てまで追いかけて殺してやる。余計な手間はかけさせるな」

バタン、と扉が閉まった。残されたラローズは呆然と立ちすくむ。

「……なんて物騒な……」

地の果てまで追いかけるなど、なんでそんなに自分に執着しているのか。聞きようによっては求婚めいた台詞にも思えるが、続いた言葉が恐ろしすぎる。

逃げたら彼との約束が無効になり、ラローズの命の保証はされないということだろう。当然、家族にも危害が及ぶ。

「……そうだ、ひとまず身体を洗おう」

そっと扉に耳を当ててるが、外からの声は聞こえてこない。隣の部屋にいるのか、あるいは執務室からも退室しているかもしれない。

いつ部屋の主が帰ってくるかわからないのであれば、なるべく早く湯浴みを済ませよう。ゆっくり湯に浸かっているときに入られたら逃げようがない。

――浴室の扉って施錠できないのね、残念。

頭にかぶっていた侍女のキャップを外し、汚れたお仕着せも手早く脱ぐ。洗い物を回収する籠はどこにあるのかわからないので、一か所にまとめて置いた。

洗い場へ行き、頭を洗い身体を磨《みが》く。勝手に石鹸《せっけん》も使わせてもらったが、国王の石鹸は侍女が使うものと違う香りがした。清涼感のあるすっきりした匂いだ。洗った後の肌がしっとりとして触り心地が違う。

湯船に浸かり、ララローズは心から安堵の息を吐いた。

「気持ちいい……」

いろいろと考えなくてはいけないことは多いが、身体を清められて少しほっとした。汚れたままでいると気持ちが悪くて気も沈むものだ。

——そういえば、一度部屋に戻るのは……無理よね……。

窃盗の疑いで荒らされた部屋はどうなっているのだろう。考えるだけで憂鬱《ゆううつ》な気持ちになるが、大事な私物は手元に置いておきたい。と言っても、大したものはあまりないが。

彼の目的がなんなのかはわからないが、それが果たされるまでこの部屋からは出られないだろう。もっとも、無断で去るつもりはない。

ぬるま湯の中で手足を軽く揉み、身体が十分に温まったところで浴槽を出た。身体を拭《ふ》き、用意されていた着替えに袖を通す。

新品と思われる侍女のお仕着せは、ララローズの体形とぴったりだった。ララローズのお仕着せのサイズを知る侍女長が協力しているのだろうか。もしくは部屋を荒らされたときに確認されたのかもしれない。しかしどちらにしろあまりいい気分ではない。

——下着もあってよかったけど、なんか落ち着かない……。

着心地重視の飾り気のないいつもの下着とは違う。繊細なレースがあしらわれた、紐で結ぶタイプの下着だ。布の面積が少なく、心もとない気持ちになる。

「もしかして、王都ではこういう下着が流行ってるの……？」

いや、きっとこれしかなかったに違いない。

──深く考えてはいけないわ。

くるぶしまでの黒いワンピースと白いエプロン。機能性を重視したお仕着せは動きやすく汚れも目立たない。下着がどうであれ、着慣れた服を身に着けると気分が引き締まった。後でジェラルドが使えるように浴室を簡単に掃除し、まだ湿った髪の毛を背に垂らしたまま扉を開く。

部屋を出るなとは言われたが、この寝室から出たらいけないのか、執務室までなら問題ないのか。確認しておくべきだった。

──もし、寝室から執務室に行ったときに誰かに見られたら、この見知らぬ女は何者だ、って大問題になるのでは？

すでに部屋の前に立っていた見張りに見られているから大丈夫だとも楽観できない。いや、お仕着せを着ているなら侍女としての仕事をしていると言い張れるだろうか。

掃除道具があれば本格的に掃除をするのに、なにもやることがないというのは落ち着かない。コルネリウス家の者は働かざる者食うべからず、が信条なのだ。

——ずっと座っているのも退屈だし、どうしたらいいのかしら。

執務室に繋がる扉の前で行ったり来たりを繰り返していると、ふいに扉が叩かれた。

「っ！」

「失礼します」

男性の声だ。ラララローズの心臓がドキッと跳ねる。

隠れるべきか堂々とするべきか。一瞬悩んだが、咄嗟《とっさ》に扉のすぐ横の壁にぺたりと背中をくっつけた。

「お腹が減っているかと思って食事を用意しまし……って、あれ？」

扉を開けたのはジェラルドと同年代ぐらいの男性だった。寝室に入れるということは入室を許可されている人物なのだろう。扉の陰からその後ろ姿を覗き、そっと声をかける。

「あの」

「うわあ！」

男は甲高い悲鳴を上げて振り返った。

なんとなく気まずくて、ララローズはおずおずと開かれた扉の陰から姿を見せる。

「お、驚きました。そんなところにいたのですか」

「すみません、咄嗟に隠れてしまって」

「いえ、大丈夫です。私は陛下の補佐官のマティアス・フェレールです。昼食をお持ちしましたが、召し上がりますか？」

「もうそんな時間だったんですね」

窓の外は確かに陽が高い。今まで空腹を感じていなかったが、食事と聞いてお腹がぐうっと鳴った。

「……空腹だったみたいです」

「こちらにご用意しました」

マティアスに案内され、隣の執務室に向かう。部屋には誰もおらず、応接机の上に食事が用意されていた。

「わざわざありがとうございます。余計な仕事を増やしてしまってすみません」

「お気になさらず。陛下に命じられたときはびっくりしましたが。なにせ、自室に女性を閉じ込めていると平然と言うものですから」

「……」

それは聞かされた方もさぞや動揺したに違いない。

——国王と言えども、同意がなければ犯罪よね。

噂に疎いラローズではあるが、城にいるといろんな話が漏れ聞こえてくる。その中で、国王の女性関係の噂は聞いたことがなかった。彼の噂はたいがい、切れ者だとか冷静だとか、賢王ぶりをたたえるようなものだ。そんな彼がいきなり女性を連れてきたあげく、こんな暴挙に出たとなれば、冷静ではいられないだろう。

「あの、念のための確認ですが、無体は働かれていないですよね……？　いえ、言いにくいことでしたら答えなくても大丈夫なのですが……」

恐る恐る確認される。

ララローズははっきりと「問題ありません」と答えた。あまり考えないようにしていたが、ジェラルドがララローズをここへ連れてきたのは、やはりそういう意図があるのだろうか。

状況的に流されるしかなかったが、ここからどうするべきだろう。

ララローズは逃げるつもりはないし、まだこの城で働きたい。変な噂が立っても困る。

そう思って、何故自分がここに連れてこられたかを尋ねると、彼は「自分もわからないのです」と申し訳なさそうに溜息を吐いた。だが、ララローズがここにいることを知っているのは国王に近しい数名だけだと聞いてほっと胸を撫でおろす。

なにか用事があれば外で待機している見張りの騎士に声をかけたらいいと言い、マティアスは部屋を去った。

長椅子に座り、まだ温かい昼食に手をつける。地下牢での食事はお世辞にもおいしいとは言えず、ないよりはましというような代物だった。

——そのあとで、こんなおいしい食事を食べさせるなんて。なにか企みがありそうだわ。

油断させておいてどん底に突き落とされるのかも……。

待遇が良くなったからといって、自分の罪が晴れたわけでもない。マティアスには窃盗の件についてはなにも追及されなかったが、彼が味方とも限らない。

――この場で誰を信じていいのかなんてまだわからない。油断してはいけないわ。

この食事も、毒が盛られているかもしれない。

――だけど、お腹が空いたわ……。

まだ自分には利用価値が残っていると言い聞かせ、ララローズはすべての昼食をぺろりと平らげた。

◆
◆
◆

「何故邪魔をした」

ララローズを残して部屋を出たジェラルドは、城内を歩きながら自分を迎えに来た宰相のラウル・リヴィエールに刺々しく尋ねた。

ジェラルドの半歩後ろを歩くラウルは柔和な顔立ちをした優男だ。ジェラルドとは幼馴染みで、代々宰相を輩出している侯爵家の当主である。

「議会の時間が迫っていますので。これでも時間を調整したのですよ？　今朝の朝議を昼過ぎにずらすよう指示したのは陛下でしょう。そのため昼食を摂《と》りながらになりますが、たまには昼食会を兼ねたものもいいかもしれませんね」

「どうせ大臣どもが予算を上げるようにと、くだらん長話をするんだろう。適当に切り上げるぞ」

「御意」

長い回廊を足早に歩き王族の居住区を抜けると、人気《ひとけ》が増えた。

ジェラルドの姿に気づいた侍女や兵士が、通路を開けて頭を下げる。その場を通り過ぎると、蜘蛛の子を散らすように逃げていった。後ろを振り返ったラウルが小さく息を吐く。

「陛下、そんなに不機嫌そうな怖い顔を見せていたら使用人が怯えますよ。女性からも怖がられます。せめて眉間の皺《しわ》は消してください」

「これがいつもの顔だ」

「まさか彼女の前でもそんな厳しい表情を見せているんですか？　逃げられたらどうするんです」

「脅迫しているから逃げん。よっぽどの馬鹿でない限りはな」

ラウルが呆れたような声音で「脅迫……」と呟く。

女性に優しい高位貴族のラウルは令嬢から人気が高い。柔和な雰囲気のラウルとは正反対に、硬質で怜悧《れいり》な空気を纏《まと》うジェラルドは若い女性に緊張感を与えてしまう。婚約者がいまだにいないのは本人の意思もあるが、貴族令嬢から少し怯えられているからでもあった。

そんなジェラルドが女性を私室に囲った。数日前から女性用の衣服などを揃えさせていたためラウルもおおよそ見当はついていたが、まさか私室に滞在させるとは思わなかった。ラララローズが誰なのか、ラウルは表向きの顔しか知らない。だがこれから会う人間は、彼女の裏の顔を知る者たちだ。

実に面倒だと言いたげな表情でジェラルドが通路の角を曲がると、一番会いたくなかった人物と遭遇した。

「お待ちしておりましたぞ、陛下」

「わざわざ待ち伏せか？　リヴィエール侯。いい趣味をしている」

白髪交じりの茶色の髪に背筋をピンと伸ばした出で立ち。一見人畜無害に見えるラウルの祖父、ロドルフは人好きのする笑顔を浮かべている。決して真意を見せず、笑顔で他者を騙せるこの先々代の宰相が、ジェラルドは子供の頃から苦手だ。

――相変わらず敵か味方かわからん爺だ。

待ち伏せをしていた理由もきっとつまらないことだろう。ラウルを横目で窺うが、彼が鉢合わせするようにしたわけではなさそうだった。

「いち早く真偽をお聞かせいただきたく。年寄りはせっかちなのですよ」

「なんのことだ」

「陛下は魔女を飼い始めたそうですな」

ジェラルドは素早く周囲の気配を探った。ざっと確認したところ、盗み聞きできる範囲に人はいないようだ。スッと目を細めてロドルフを睨みつけるが、老獪《ろうかい》な男はジェラルドの鋭い視線を瞬きひとつでいなした。

「……誰から聞いた」

「それはもちろん、この城に勤める魔術師にですよ。ようやく陛下が長年の苦しみから解放されるかもしれないとのこと、実に喜ばしい」

「余計な憶測は身を亡ぼすぞ」

舌打ちしたい気持ちを堪え、ジェラルドはロドルフの脇を通り過ぎ、ふたたび目的地に向かう。背後に続く足音がもうひとり増えたが、気にせず歩みを進めた。

ラララローズとのことはまだ始まったばかり。一体どう転がるのか、ジェラルドにも予測がつかない。

――ララローズ・コルネリウス……魔術師が捜しあてたイングリッドの子孫が、まさかあのときの女だったとは。

これも運命の悪戯というものなのだろうか。窮屈な王城に嫌気がさして、束の間ひとりで自由に行動したあの瞬間に出会った女が捜し求めていた魔女の子孫だと、誰が思うだろう。

即位以来、頑なに人との接触を避けてきたジェラルドが、女性に触れたのもあれがはじめてだった。あの光景を思い出すだけで、ラララーズの二の腕の柔らかい感触も蘇《よみがえ》るようだ。

男と違い硬さがない肉感的な二の腕。先ほど摑んだ手首も細かった。数日湯浴みをしていない身体を臭うとは言ったが、彼女の体臭は不思議と不快に感じず、むしろ劣情を催《もよお》させるものだった。女性に性的な欲求を抱いたことは一度もないはずなのに、ララローズの裸体を見て触れたいという衝動を抱くなど。

――自分から触れたいと思ったのははじめてだった。

温泉地ではおぼろげにしか覚えていない。湯気も立っていたし、湯も乳白色に色づいていた。だが肩の丸みや、溺れていたのを引き上げた瞬間にちらりと見えた胸の膨《ふく》らみは、いまだに脳裏に焼き付いている。

今夜彼女の身体を暴くとき、果たして自分は冷静でいられるだろうか。

ララローズはよくわかっていないようだったが、ジェラルドは今夜彼女を抱くつもりでいた。己の目的を果たすためには必要なことだからだ。

――とんだお人よしだな。正直者でまっすぐと言うべきか。イングリッドなど知らないと貫き通せばこんな羽目にならずに済んだものを。

ラララーズがお人よしなのはわかっている。観光地で店番を自ら進んでするくらいだ。家族を盾に取っていればどんな無理難題を突きつけても、きっと健気に応えてくるだろう。どこまでこちらの要求に耐えられるか。

ラララーズと身体を繋げたら、己の心も変わるだろうか。

――それも今夜次第だ。明日になればわかること。

そう思いつつ、ジェラルドは議会の場に赴いた。

◆　◆　◆

遠くで扉の閉まる音がした。

ふと意識が浮上し、ラララーズは重い瞼《まぶた》を開ける。

――あれ、寝てた……？

牢屋に入れられてから連日寝不足だった。湯浴みをし食事を終えたら、いつの間にか眠ってしまっていたらしい。

お腹いっぱいになったから眠ってしまうだなんて、子供みたいだ。誰かに寝顔を見られなかっただろうか。

――って、あれ？　なんで寝台に寝かされているんだろう。

長椅子に座っていたところまでしか記憶がない。恐らくそのまま寝たはずだけれど、誰かが移動させてくれたらしい。

「目が覚めたようだな」

声をかけられハッとする。先ほど、扉の閉まった音がしたということは誰かが部屋に入ってきたということだ。

「……陛下」

声の主はジェラルドだ。窓の外を見るとすっかり日が落ちている。

「あの、今何時でしょうか」

「もう就寝の時間に近いな」

知らない場所で、しかも自分の身がどうなるかわからない中、そんなに眠っていたとは驚きだが、十分な睡眠を得られて頭がすっきりしている。

——私ったら陛下の寝台を横取りしていたんだわ。早くお返ししなきゃ。

乱れた服を手早く直し、寝台を整える。

「そんなに長い時間寝台を占領していたとは知らず、大変失礼いたしました」

自分はこれで、と言い自室に戻ろうとするが、やはりそういうわけにはいかないようだった。

「お前は一度眠ったら記憶が消えるのか？　俺にその身を捧げると言った言葉、もう忘れたのか」

「捧げるとまでは言ってな……」

「差し出すも捧げるも同じだろう」

そうかもしれないが心情的には違う。

反論を堪え、ララローズはジェラルドと向き合った。

「本日の政務はおしまいですか？」

「ああ、寝食を削ってまで政務などするか。休むときは休むのが俺の信条だ」

それにはララローズも同意する。

そして、ジェラルドと普通の会話が成立していることが不思議に思えた。

――威圧感はあるけれど、怒ってはいないのかしら……？

いや、まともな人間なら家族を人質に取って脅迫してくることはない。彼の機嫌を伺ってどうするというのだ。自分は被害者なのだから怒りをぶつけたっていいはずなのに、出会った日の紳士的だった彼の記憶が邪魔をする。

「……なにかお飲みになりますか？　お茶かお酒でも」

ジェラルドは「今はいらん」と断った。

彼は、午前中に見ていたのとは違う簡素な服装だ。髪もまだしっとりとしている。大浴場で湯浴みをしてきたのだろう。

「あの、陛下。これから私をどうなさるおつもりですか？　私は国宝のサファイアなど見たこともありません。まったく身に覚えのない罪です。どのような処罰を下すおつもりですか」

ジェラルドがラローズをどうしたいのかはっきり知らされていないため、胸の中がモヤモヤしているのだ。ちゃんと調べてもらえれば、ラローズは無実だとわかってもらえるはず。いや、すでにわかっているのではないか。

ジェラルドは寝台に近づき、腰を下ろした。

「あのサファイアか。適当な罪をなすりつけてお前を地下牢へ閉じ込めておくよう騎士団に命じた。一番古典的な方法にしたようだが、結局は窃盗罪が都合がいい」

「……はい？」

一瞬、言葉の意味を理解できず、ぽかんと口を開けてしまう。悪びれもせず罪を偽造したと言われると、怒りよりも意味がわからなくて唖然としてしまったのだ。自室にいた騎士たちはつまりジェラルドに命じられて演技をしていたということか。

「一体なんのために……」

「わからんのか。お前に近づくためだ。どんなに気丈な娘でも、貴族令嬢が三日も不自由な牢獄生活を送らせられれば堪えるものだ。交渉前に体力と気力を奪うのは常套《じょうとう》手段だ」

ジェラルド曰く、ラローズという侍女がイングリッドと関係があるかもしれないという情報を得たが、下級の侍女と国王にはまったく接点などない。呼び出すと目立つし、かと言って、上位の侍女に格上げしても、いらぬ憶測と注目を浴びる。

つまり、一番面倒ごとが少なく、精神的な揺さぶりをかけられるのがこの方法だったという。

ラララローズの目がスッと据わった。

「……では、この件に関して家族はなにも知らないのですね？」

「当然だ、事を大きくしてどうする。関係者は最少の人数に留めるべきだ」

「そうまでして私を必要とする理由はなんですか？　陛下にとってイングリッドとはなんなのでしょう」

王城で働くことが決まったとき、ラララローズは母親から「くれぐれも王とは会わないように」と忠告された。詳しい理由は教えてもらえなかったが、もしかしたら過去になにかあったのかもしれない。

その確執をきちんと確認しておけばよかった。後悔してもし足りないし、今さら母親に、国王にバレて捕まっているとも言いにくい。余計な心労をかけてしまう。

「お前はなにも知らないんだな」

「……！」

わずかに憎悪が混ざった目で睨まれた。無知は罪だと、はっきりと金色の目が告げている。ララローズの胃の奥がきゅっと急に冷たくなった。

ジェラルドは寝台の端に座ったまま、シャツを脱ぎ始めた。上半身を露わにし、脱いだシャツを床に放る。そしてララローズに短く命じた。

「視《み》ろ」

「は……？　視ろ、とは」

ララローズは、普段、男性の肉体を見る機会などない。湯気や湯に隠れていない男性の肌を直視するのははじめてだ。

意図がわからず首を傾げる。すると、ジェラルドの目に苛立ちと剣呑な光が浮かんだ。

「ただ視ろと言っているんじゃない、お前の魔女の目を使え。お前にもこれが視えるだろう」

ジェラルドが自身の胸元を指差した。

――魔女？　一体どういうこと？

お前にもということは、彼にもなにかが視えているということか。その意味を探るべく、目に意識を集中させる。

――とは言われても！　魔女の目なんて知らないし、今まで生きてきて不思議なものが視えたこともないわよ？

お化けも妖精も小人も。視られると知っていたら子供の頃に視てみたかったぐらいだ。

お化けは怖いが。

だがジェラルドの機嫌が急降下する前に、まずは努力をしてみなくては。正しいのかさえわからないが、心の中で「視る！」と念じる。

すると不思議なことに目元がじんわりと温かくなってきた。

――え、あれ？

視界が二重にぶれる。ジェラルドの上半身になにかがぼんやりと視え始めた。

「んん……？」

ギュッと瞼を瞑り、勢いよく開いて目を凝らす。すると先ほどまでぼやけていたなにかが徐々に濃く、はっきりと浮かんでくる。

茨《いばら》のような棘《とげ》のある植物がジェラルドの胴体を一周するように浮かんでいた。

黒い墨で描かれた痣に視えるが、ただの模様ではなさそうだ。

「なにが視えた」

静かに問いかけられる。

ラララローズは小さく唾を呑み込んだ。

「……陛下の心臓のあたりから胴体を一周するように、棘のある植物が浮かんでいるように視えます。先端は鎖骨の周辺まで伸び、首元まで届きそうです」

「そうだ。これはやがて首輪のように首を一周し、この身体を死に至らしめる」

「っ！」

荒唐無稽な話であるのに、それが真実だと何故かわかる。

それだけ、黒い茨のような植物はまがまがしく、ララローズの肌が総毛立つ。

「それは陛下にかけられた呪いかなにか、なのでしょうか」

密かに魔女が存在するならば、恐らく呪いも存在する。だがララローズは身内以外で魔女の血を引く人間を見たことはないし、不思議な術を目の当たりにしたこともない。呪いという概念は知っているが、実際にかけられた人間と遭遇した経験はないのだ。

「俺が直接かけられたわけではない。この呪いは代々ヴェスビアス王家に受け継がれるものだ。かけたのは誰だかわかるな？　ララローズ」

「え、えっと……まさか……イングリッド？」

「正解だ」

憎悪の籠《こ》もった目で見つめられた理由がわかった。

――陛下は、憎い相手の子孫だから、私を捜していたんだわ。

死に至らしめる呪い。

ヴェスビアスの王家は代々短命だ。先代の国王は齢三十で身罷《みまか》られた。確か先々代も同じくらいの年齢で……。

「……もしかして短命の呪い？」

確認するのが恐ろしい。対象者に呪いをかけただけでなく、その者の子孫に受け継がれるほど強力な呪い……それが寿命を左右するものであるならば、イングリッドの罪深さは計り知れない。

「王家にかけられた呪いはふたつ。一、王家の男は三十前に死ぬ。二、愛する者の記憶が消える。……その顔、初耳のようだが、なにも聞かされていないのか」

「存じ上げておりません……」

頭を左右に振って否定した。もしかしたら嘘をついていると思われるかもしれないが、ラララローズの顔色は蒼白だった。

血の気が失せた顔色まで偽りで作れるほど、ラララローズが器用な人間ではないと思ったのだろう。ジェラルドはじっとラララローズの黄昏色の瞳を見つめたまま、淡々と話し始める。

「イングリッドが呪いをかけたのは俺の曾祖父、エルンストだ。公にはされていないが、エルンストは一度王位継承権を放棄し、国を捨てようとしていた。愛する女がいるからと。だが、エルンストはそれをしなかった。結局、愛した女を捨て、貴族の娘と政略結婚をさせられた。エルンストは捨てた女が魔女だとは知らず、その報復に呪いをかけられた」

「それは、本人の手記などが残っていたのでしょうか」

「ああ、残っている。厳重に保管された状態で。なにせ、エルンストが受けた呪いは奴の自業自得では済まされないからな。子に孫にと、延々と受け継がれていく。忌まわしい呪いだ」

現在ジェラルドは二十五歳。呪いが本当であれば、彼の残り時間は五年もない。

──あの茨が首を一周するまでどれくらいの時間が残っているの？

呪いの進行を遅らせることができれば、寿命は延びるのだろうか。

そして気になるのはもうひとつの呪いだ。

愛した者の記憶が消えるとは、一体どういうことだろう。

「もうひとつの呪いは、どのようなものなのでしょうか」

「そのままだ。愛する女の記憶が消えると言われている。それがなにであれ、誰かに自分の記憶が奪われるなど、おぞましいと思わないか」

「……っ」

ララローズには今恋人はいない。今までいたこともないが、愛する相手を自分の大切な家族に置き換えて考えると呪いの残酷さに言葉を失った。

──ある日突然、自分の家族が見知らぬ他人に見えたとしたら……ゾッとするわ。

その相手に関するすべての記憶を失うのだろうか。それならば、公務にも支障をきたすだろう。

「……おっしゃるとおりです。誰かの記憶を他者が奪うなど、傲慢《ごうまん》で残酷で、許されないことだと思います」

そんなことをイングリッドが本当にしたのだろうかと疑う気持ちも残っているが、ジェラルドが嘘をつく理由も思いつかない。

――私にはどう判断したらいいかもわからないけれど。

イングリッドが愛したのが当時の王太子であったなんて、母親や祖母から聞いたこともなかった。二人が恋人同士であり、一時は国を捨ててまでイングリッドを選ぼうとしたことも。

それほどまでに愛し合っていたのに、結局別れを選んだということは、やはり王太子としての責任感が強かったのだろうか。国を捨て、自分だけが愛する人と幸せになろうとすることに踏み切れなかったのかもしれない。

昔、母から少しだけ聞いた話によると、イングリッドは苛烈《かれつ》な性格だったらしい。彼女は良くも悪くも身の内に激しい情を抱いていたそうだ。もしかしたら魔女というのは、皆そのような激情を抱えるものなのかもしれない。

――呪いをかけるほどエルンスト陛下を愛していたということ？　愛が憎しみに変わるほど？

そんなに激しく誰かを愛した経験などないため、ラローズには想像もつかない。だが愛があったからといって、それが免罪符にならないのは確実だ。

けれど、呪い殺すほどの恨みが生まれたのであれば、イングリッド自身も命をかけていたのではないか。

――なにか昔聞いたことなかったかな……。魔女の誓約とか……。

ジェラルドが言っていることがすべて本当なら、イングリッドがしたことはとんでもない大罪だ。

イングリッドの子孫であるララローズたちは健康に問題なく、母親も祖母も健在だ。呪いの影響が出ているとは考えにくい。呪った相手の子孫にのみ影響しているのだ。

イングリッドが生きていたら居場所を突き止めて話を聞いただろうに、ララローズの母曰く、曾祖母はすでに亡くなっている。おとぎ話の魔女は長命の印象があったが、イングリッドは違ったようだ。

――私になにができるのだろう。

王家の重大な秘密を知り、頭も身体も重く感じる。

「……お話はわかりました。つまり陛下は、私にその呪いを解く手伝いをしろということですね？」

「そうだ。お前にも責任の一端はある」

「……無関係ではないと把握しました」

心苦しい気分になり、溜息を吐きたいのをぐっと堪えた。

——でも、私は本当に魔女の血筋というだけで、なにか特殊なことができたことなんてない。魔女の目で陛下の身体の模様を視たのだってさっきがはじめてだし……それともなにか私にもできることがあるのかしら。

まだジェラルドはすべての情報を明かしていない。ララローズの身体を差し出せと命じた理由を聞いていない。

「陛下は呪いの解き方についてどこまでご存知なのですか？　今まで調べられていたのでしょう」

「当然だろう、みすみす俺の命を奪われてたまるか。死に様は自分で決める」

そう言って、ジェラルドがおもむろにララローズへ手を伸ばした。

「っ！」

グイッと身体を引き寄せられて、寝台の上に転がされる。

——え、えっ？

ジェラルドの顔を見上げようとした瞬間、背中に手を入れられ、くるりと反転させられた。

そしてすぐさま、彼は仰向けになったララローズの腰をまたいできた。膝立ちで見下ろされ、その眼光の鋭さに息を呑む。

——ど、どういう状況……！

これは、貞操の危機と言うものではないか。男性と二人きりで寝台の上にいるのは非常にまずい。身体を差し出すことは了承したが、性的な意味は含まれていないだろうと思っていた。なにせ色気が皆無と鼻で笑われたのだ、彼が自分に欲情できるとは思えない。

──でも、男性は好きでもない女性を抱ける生き物だって聞いたことあったかも……！

嫌な話を思い出す。理性的に会話ができていると思っていたが、ジェラルドもただの男だったということか。

「陛下、な、なにをなさるおつもりですか」

緊張で声が震えた。

ジェラルドがくつりと喉奥で笑う。

「おかしなことを言う。お前が身体を差し出すと言ったのだろう。それがどういう意味なのか考えが及ばなかったとは言わせない」

彼の眼差しに甘さは一切感じられない。その瞳に滲むのは支配者であることの愉悦と、呪われた者としての苛立ち、そして憎い相手に対するわずかな嫌悪。目的のためには手段を選ばないという覚悟が伝わってくる。

ラララローズの額にじんわりと汗が滲んだ。

「で、ですが、先ほどは浴室で私に色気を感じられないとおっしゃっていました。私は女性的な魅力に欠けるため、そのような気分にはなれないのかと……」

「ああ。確かに色気は感じぬが、お前の困惑した顔や、必死に怯えを隠す顔はそそられる。泣いて許しを乞わせたくなるほどに。……それに、これは呪いを解くための行為だ」

「……陛下と肌を重ねることがですか？」

「何代にもわたる呪いにヴェスビアス王家がじっと耐えていたわけではない。呪いを解く方法の仮説がいくつか立てられた。かけた本人が解くか、魔女《イングリッド》の血を根絶やしにするか、魔女の子孫と結ばれるかのいずれかではないかと。イングリッドの居所は一向に掴めないが、死んでいる可能性の方が高い。イングリッドが死んだのなら他を試すしかないだろう？」

――だから牢屋であんな問いかけを……。

家族の命を保証させた。イングリッドの血を根絶やしにすることはできない。それならば、約束通りラララローズがジェラルドと交わる必要があるということだ。

「で、でも、魔女の子孫と結ばれるって言っても曖昧すぎます。身体の結びつきだけでいいとは思えません。そんなに単純なことで呪いが解けるなんて……」

「だからこれから検証するんだろうが。もう黙れ」

「――ッ！」

噛みつくように口づけられ、ラララローズの悲鳴がジェラルドの口内に呑み込まれた。合わさった唇からジェラルドの温もりが伝わってくる。なんとも言えない痺《しび》れがララローズに襲いかかった。

――く、喰われるわ……！

唇の隙間に容赦なく舌がねじ込まれ、口内を我が物顔で暴かれる。初恋もまだなら口づけすらしたことがないラララローズは、あまりの生々しさに早くも意識が遠のきそうだった。男女の行為がどのようなものかは、ある程度知っているけれど、こんなに激しいとは思わなかった。

ジェラルドとの口づけは獣に食されているかのような錯覚を覚えた。

「ん……っ、ふぅ、ンン……ッ！」

顎が固定されて逃げられない。

両手首は頭上でひとまとめにされ、ジェラルドの厚い胸板を押し返すことも叶わない。口内を暴れる舌が逃げるラララローズの舌を引きずり出そうとする。どうしていいかわからず縮こまるのを許さないとでも言うように、強引に絡められては強く吸われた。

「――ンッ！」

ぞわぞわとした痺れが背筋を駆けた。

口内に唾液が溢れる。ごくりと飲んだものはどちらのものだったのか。

呼吸をいつしたらいいのかもわからない。酸素が足りなくて苦しくなる。

――な、んで目を閉じないの……！

うっすらと瞼を開けると、ジェラルドの金色の瞳と視線がぶつかった。ラララローズの表情をつぶさに観察していたらしいと知り、ふたたびギュッと視界を閉じる。

強張《こわば》っていたラララローズの身体から徐々に力が抜けていく。口づけは抗議を封じ込めるだけではなく、身体の抵抗も奪うものだったらしい。

「つたないな」

濡れた唇を親指で拭《ぬぐ》いながら、ジェラルドが呟いた。呼吸ひとつ乱していない様子が恨めしい。

ラララローズは荒い呼吸を繰り返す。なんとか酸素を吸い込めているような状態の彼女とは経験値が違うらしい。抗議の気持ちを込めてジェラルドを見つめた。

「お前は大人しい性格ではないだろう。表面上は従順に見せているが、気が強く反抗的で、到底お淑やかな貴族令嬢とは言えないはずだ。ひとりで旅行に行くくらい行動的だしな。だが、その反抗的な目が面白い。屈服させてやりたくなる」

――屈服なんてするものですか！

彼に従うとしても、全部ラララローズがそう決めたからということでなければ納得がいかない。

誰かに命じられ、強制的に従わされることはしたくない。

この状況だって、ラララローズが自ら選んだことだ。そこに支配関係が生じていいはずがない。

「今さら不敬罪だと咎めたりはしない。俺に言いたいことがあればはっきり言え。敬語などもいらん」

唾液で濡れた唇をジェラルドの指に拭われる。そのまま指がラローズの頤を持ちあげた。

濡れた眼差しには、やはり甘さが一切感じられない。鋭い目つきはラローズの心臓を刺すようだ。

ドクンッ、と心臓が跳ねたのは果たして本能的な恐怖心からか。それとも……。

ラローズはキュッと一文字に唇を引き結び、薄く開いた。

「私はあなたの言いなりにはならないわ。私は私の意志でここにいるの。あなたは私に助けを求めるしかないのだから、つまりこれは人助けよ！」

ジェラルドがわずかに目を瞠った。

「ふっ、面白い……。ならばお前にとってこれからの行為は、あの温泉地での店番と同じということか」

「なに言っているの。あのときは檸檬水が飲み放題だったけど、今回は私にいいことなんてなにもないじゃない」

「なるほど、俺との行為は店番以下だと」

「そうよ。でももう覚悟は決めたから、煮るなり焼くなり、好きにしたらいいわ。どうせ、初心者だと言っても手加減するつもりはないんでしょう？」

「よくわかっているな、そのとおりだ」

お仕着せの白いエプロンが乱暴に取り払われた。続いて黒いワンピースに手が伸びる。

「面倒だな、破くか」と呟かれたが、せっかく新品を支給してもらったばかりなのに破いてしまうなんてとんでもない。

「自分の服くらい自分で脱げるわ」

ジェラルドの胸板を軽く押すと、彼はあっさりララローズの上から退いた。

——これは愛の営みなんかじゃないもの。新婚初夜でもないし、自分から脱いだ方が潔いわ。

淡い憧《あこが》れはあった。好きな人と結ばれる瞬間は、きっと幸福に満ちているのだろうと。初夜のために用意した下着を丁寧に脱がされ、愛を囁きながら肌を重ねられたらどれほど満ち足りた心地になるだろうと。

現実は先祖が犯した罪の責任を取らされるために純潔を散らすだなんて、最悪だとしか思えない。相手は、旅先でちょっといいなと思っていた人だけど、この国の王だなんて運が悪い。

——私、結婚はせず一生ひとりで生きていくことも視野に入れていたじゃない。それならなにも知らない生娘《きむすめ》のままより、国王のお手つきになった経験があるのも悪くないわ。

存外悪くないと、自分自身に言い聞かせながら、ララローズはお仕着せのワンピースの釦《ぼたん》を手早く外していく。色っぽい脱ぎ方など意識せず、淡々と肌を晒した。

シュミーズとレースの下着に太ももまでのストッキング姿になると、肌寒さを感じる。特にこのレースの下着は、布面積が少なくララローズを困惑させた代物だ。

自分で脱ぐと宣言しておきながら、ストッキングを脱ぎ終えると下着を脱ぐ手が止まる。ララローズは言いにくそうにシュミーズの裾を握りしめた。

「陛下の趣味ですか？　この下着」

腰で結ばれている紐を見せる。レースで覆われた下着は、はじめは心もとないと思っていたが、慣れると気にならないし両脇の紐が解けることもなかった。とはいえやはり恥ずかしい。

「知らん。が、なるほど、それは機能的だな」

スッと伸びた手があっさりと紐を解いた。

なんの躊躇《ためら》いもなく解かれて、ララローズは彼が昼間浴室で、堂々と覗き見をしようとしていた姿を思い出す。

――こういう男だった……！

出会った夜の紳士的な態度が嘘みたいだ。挑発など逆効果だろう。本性は本能に忠実であろうことが窺える。

傲慢で残酷で女性を辱めることも厭《いと》わない。ラローズは心の中で悪趣味な男！と罵った。

抵抗むなしく反対側の紐も解かれ、秘所を覆う砦があっさり消えた。残るはシュミーズのみの姿となる。

ジェラルドは寝台にあぐらをかいた格好で「脱げ」と命じた。

「……っ」

脱いだシュミーズを寝台に落とす。一糸纏わぬ姿をジェラルドの目前に晒すことになり、ララローズの羞恥心《しゅうちしん》がじわじわと込みあげてくる。

――恥ずかしい……。

女性らしくまるみを帯びた肉体は、腰にかけて緩やかな曲線を描いている。ふっくらした乳房は形よく上を向き、頂《いただき》には淡く色づく実がツンと存在を主張していた。適度に引き締まった腰に、肉付きのいい白い太もも。脚を折り曲げていることでその太ももの柔らかさと弾力が強調されている。

じわじわと顔に熱が集まる。服を脱いだ後は自分から仰向けに寝そべるべきなのだろうか。

――はじめの作法がわからないわ……。

あのまま乱暴に服を脱がされていた方が、今頃勢いですべて終わっていたかもしれない。だが自分の意思を無視されるような行いは断じて嫌だ。何事も納得した上で選ばなければいつか自分の選択を後悔する。

「……脱いだわ。それで、次はどうしたらいいの」

じっと見つめられるのが気まずい。両腕で胸を隠したくなるが、そんなことをしたら恥ずかしい体勢を取らされそうだ。不自然にならないよう太もものあたりで両手を軽く組んだ。

ジェラルドの服を脱がせろと言われたら嫌だなと内心身構える。彼が服を身に着けているのは下半身のみだ。

どこに目を向けていいのかわからず視線を彷徨《さまよ》わせていると、ジェラルドがポケットから小瓶《こびん》を取り出した。

――香水瓶？

小さな香水瓶のように見える。ガラスで作られた繊細そうなそれには、透明な液体が入っているようだ。

「媚薬効果のある避妊薬だ」

「避妊……」

避妊薬を用意されていたことにホッとする。身体に負担がなく効果のある避妊薬は手軽に購入できる代物ではないが、王なら一級品を持っているに違いない。媚薬効果があるというのは少々気になるが。

——はじめては痛いって言うものね……。それなら素直に使った方がいいのかも。

「……それを飲めばいいの？」

毒は入っていないはずだ。毒殺ならこんな手の込んだことをせずにもっと早くに使えただろうから。

ジェラルドはその鋭い眼差しをわずかにやわらげ、口角を上げた。

「いや、飲用ではない。寝そべって脚を開け」

「……え！」

脚を開けということはつまり、秘められた場所に塗り込むということだ。

小瓶はいまだジェラルドの手の中。ララローズに渡す気はないらしい。

——まさか陛下が手ずから私に使うつもり？

羞恥心をぐっと堪え、ララローズは言われたとおりに寝台に仰向けになり、おずおずと脚を開いた。

「膝を立てろ、よく見えないだろう」

「っ、わかったわ」

そんなところ、誰にも見せたことがないし、自分でも確認したことがない。

彼がどんな表情をしているか見ていたくなくて、ララローズはギュッと瞼を閉じた。

「誰が目を閉じていいと言った？　自分の意志で抱かれるのだろう？　自分がなにをされるのか、その目でしっかり見ていろ」

「あ……っ！」

ひんやりとした液体が股に落とされた。はじめての感触に肌が粟立《あわだ》つ。

ジェラルドの左手がララローズの右膝をグイッと大きく開かせ、もう片方の手がララローズの秘所に触れ、全体に塗り込むように割れ目を擦る。

「ひゃあ……」

ぐちゅぐちゅとした音が下肢から聞こえてくる。

まるで自分が粗相をしたような錯覚さえ覚え、ララローズの羞恥心が増した。

――そんな不浄なところに触れられるなんて……恥ずかしすぎて気絶したい。

だがこれからもっと恥ずかしいことが待っている。この程度で音を上げるのは早いことはわかっていた。口から変な声が漏れないよう、ララローズはきつく口を閉じる。そして言われたとおり、ジェラルドの行動を観察する。

剣を握る大きな手だ。皮膚の硬い指が敏感な肌を嬲《なぶ》る。

ゆっくりと液体が塗り込まれていく。上下に指が動かされる様子がまざまざと伝わってきた。はじめは冷たく感じられた液体が、次第にじんわりとした熱を帯びてくる。

「はぁ……」

零れた吐息も熱っぽい。そんな些細な変化を知られるのが嫌で、ララローズはふたたび唇をキュッと結んだ。

たっぷりと割れ目に塗り込まれて終わりかと思いきや、ジェラルドの指が蜜口に浅く侵入した。

「ヤ……ッ」

「大人しくしてろ。肝心の場所に塗り込まないと意味がないだろ」

第一関節を受け入れただけで身体が強張る。膣が収縮し、キュッとジェラルドの指を締め付けた。

「力を抜け。それとも無理やり突っ込まれたいか？」

「っ、人でなし……」

「俺にそんなことを言った女ははじめてだ。よほど虐《いじ》めてほしいらしい」

金色の瞳に嗜虐《しぎゃく》的な色が浮かんだ。怖くて目を逸らしたいのに、その表情は強烈な色香を放っていて惹きつけられる。抗《あらが》えない引力のような魅力を持つなど、それこそ魔性ではないか。魔女の血を引くだけのララローズよりもよっぽど説得力がある。

――力を抜く方法なんてわからないのに、恐怖を煽《あお》るようなことを言うなんて、本当、いい性格をしているわ。

早くこの行為を終わらせたいなら、彼の言うとおりにした方がいい。身体から余計な力を抜くために、ララローズは意識的に呼吸を整える。深く息を吸い込み、ゆっくりと吐き出した。

そのうち身体の強張りがやわらぎ、ジェラルドの指を二本まで受け入れられるようになる。

「ほぐれてきたか」

膣壁がある程度柔らかくなったと判断したのだろう。中から指が抜けた。

——……これで準備は整ったの？

ジェラルドの行動を見守るが、彼はふたたび小瓶の蓋《ふた》を開けた。中には透明な液体がまだ半分ほど残っている。

「……それを、どうするつもり？」

まだ足りないのだろうか。今のところじんわりとした熱を感じるだけで、媚薬の効果はわからない。

「残りは直接中に注ぐ」

そう宣言し、ジェラルドはララローズの両脚を己の肩にかけた。

「きゃあっ！」

腰が浮き、秘所が丸見えになる。

なにをする気だと驚愕する中、ジェラルドが小瓶の口をラローズの蜜口に差し込んだ。

「――ッ!?」

まさか本当に中に注ぎ込まれるとは思わず、驚きすぎて悲鳴すら出ない。

――あ、なんか冷たいものが入って……！

先ほど感じたのと同じひんやりとした液体が、ジェラルドによって広げられた膣内に入っていく。腰を持ちあげられた状態で入れられれば、おのずと奥まで浸透していってしまう。

「ン……ッ」

割れ目に塗り込まれていたときとは違う。冷たさを感じたのは一瞬で、今は中が温かい。

じんわりと熱が広がるのと同時に、身体の奥が疼《うず》きだした。膣壁が収縮を繰り返し、なにかを得ようと蠢《うごめ》いている。

「や、なに、なに……？」

「ようやく感じだしたか」

小瓶は蜜口に刺さったままだ。媚薬がラローズの奥に浸透するまで抜かないつもりなのだろう。

じわじわとした熱と疼きが増していく。痒さとは違う、だが無性に手で弄《いじ》ってしまいたくなる感覚。

ラローズの頬が上気し、その目がとろりと潤《うる》みを増した。身体が熱に浮かされたようになり、頭がふわふわとしてくる。

——お腹の奥が変……制御できなくて気持ち悪い。

下腹のあたりが別の意志を持っているかのようだ。本能が快楽を求めているのだと強く伝わってくる。

強制的に快感が引きずり出される感覚が奇妙で気持ち悪い。なのに、初心な乙女の秘められた本能が、快楽を得ようと訴えてくる。

触って、弄って、高みに連れていってほしい——と。

——絶対、言いたくない！

涙目になりながら、ララローズはジェラルドを睨みつけた。

「……悪くない。こんな状況でもまだ俺を睨みつけることができるとは」

ジェラルドが喉奥でくつくつと笑いだす。

その目は心底愉快だと語っている。嗜虐心を刺激してしまったようだ。彼の表情がララローズを思いっきり泣かせてやりたいと言っている。

「俺の前に屈服させてやりたくなる」

不穏な言葉を紡ぎ、小瓶を抜いた。

ララローズの両脚を肩にかけたまま蜜口を観察している。

「嫌だと思いながらも身体は快楽に正直になっていく。腹を触っただけで、お前の穴は物欲しそうに収縮するぞ」

ジェラルドの手がラローズの下腹に触れた。

軽く力を込められただけで、その奥にある臓器が刺激はまだかと訴えてくるようだった。

「あぁ……、それ、イヤ……」

未知の感覚に翻弄《ほんろう》されてしまいそうで、頭を緩く左右に振って抵抗を示した。

「さっさと終わらせてやろうと思っていたが、気が変わった。お前がどこまで抵抗できるか見てやろう。この媚薬の効果はお墨付きだそうだぞ。よがり狂って泣きながら強請《ねだ》られるのも悪くない」

──悪趣味！

絶対に自分から強請ることなどしない。そう決意するが、ラローズの意思に反して身体の疼きが増していく。

ジェラルドの手がここを意識しろとでも言うように、厭《いや》らしく下腹を撫でまわす。くすぐったいようなもどかしい手つきで、臍《へそ》の周りも指でくるりと円を描かれた。

「ン……」

媚薬が吸収されたと思ったのだろうか。ラローズの両脚がシーツに下ろされる。

苦しさがやわらぎ幾分か楽になった。だが次に今まで触れられていなかった胸を弄られ、ララローズの腰がビクンと跳ねた。

「あぁ……ッ」

「先端を摘まんだわけでもないのに、随分反応したな。媚薬の効き目が出てきたか」

重量のある柔らかな双丘がジェラルドの手の中で形を変える。

彼の言うとおり胸を揉まれただけで肝心な場所には触れられていない。なのに腰に痺れが走ったかのように大きく反応してしまう。

――身体が勝手に感じちゃう……っ。

触れられている場所に神経が集中する。胸の頂は赤く色づき、ぷっくりと存在を主張していた。自分の胸を厭らしいと感じたことは一度もないのに、ジェラルドの手の中にあるとひどく淫靡なものに感じられる。彼が少々乱暴に胸を揉みしだくのも、痛みではなく気持ちよさに変換されてしまう。

本能が赤い実を食べてほしいと訴えてくる。だがわずかに残った理性が、その淫《みだ》らな願いを振り払った。

「食べちゃ、イヤ……」

「そうか、望み通り喰ってやる」

中央の実に口が寄せられ、口内に含まれる。舌先で転がされたと思った直後、コリッと甘噛みをされた。

強すぎる刺激に背筋に痺れが走る。

「ンアァ――ッ」

鼻から抜けるような甘ったるい嬌声《きょうせい》が漏れた。ビリビリとした電流が脳天を貫く。

ジェラルドはさらに胸の頂を嬲り続ける。舐めて齧《かじ》り、そして強く吸いついた。

快楽の逃がし方がわからない。体内に籠もる熱が大きくなる。

目の前の獣から逃げることも、たまった快楽を逃がすこともできず、ラローズのつま先がシーツを蹴《け》る。

――身体を洗うときに自分で触ってもなにも感じないのに、どうして……。

舐められていない方の胸も頂をキュッと摘まれた。指先がコリコリとその感触を楽しんでいる。彼の手により柔らかな肉は形を変えられ、強弱をつけた弄られ方によって快楽が高められていく。

――もっと……。

そう言いそうになり愕然《がくぜん》とした。胸を弄られて気持ちいいと感じるなど信じたくない。

思考が霞んでくる。口から漏れる吐息も甘く色づいているかのようだ。

「蕩《とろ》けた顔になってきたぞ。ここを弄られるのが気に入ったか」

指先が赤い実をはじいた。

「……っ！」

唾液にまみれた胸が直視できない。テラテラと光り、厭らしく雄を誘う淫らな果実。

――ああ、これ以上醜態を晒したくない……。

それなら早く終わらせた方が利口だ。だがジェラルドはララローズが強請るまで終わらせないと言っていた。

自分から男を誘い、胎内に埋めてほしいだなんて口が裂けても言いたくない。しかしこのままでは、延々と終わらない責め苦を味わう羽目になる。

ジェラルドの限界が先か、ララローズが折れるのが先か。

――そうだ、陛下は……、辛くないの？

愛する女性ではないからいくらでも我慢ができるものなのか。いや、どうでもいい女性を相手にするなら、我慢をする必要はない。自分本位に動くのが一般的なのではないか。

「考え事とは余裕だな」

ジェラルドの声が一段と低くなった。

直後、首筋に痛みが走る。

「ン――ッ！」

ぼんやりしていた意識がはっきりした。首筋にジェラルドの顔が埋まり、噛まれたのだと悟る。

くっきり歯型がついただろう。だがその痛みが媚薬のせいで強烈な快感となり、ララローズを襲った。

「痛みまで快楽に変換するとは、とんだ好き者だな。それとも魔女だから淫乱なのか？」

唇にも噛みつかれるような口づけを落とされた。下唇に歯が当てられ、ずくんとお腹の奥が切なさを訴える。

下肢からとろとろしたなにかが太ももを伝う。だがラララローズにはもはやそこまで意識が向けられない。

「アァ……」

恐怖心か快楽か。生理的な涙がぽろりと流れる。

頬に伝う雫をジェラルドが舌先ですくった。舌で触れられる感触は優しいが、ただおいしく食べるための下準備にしか思えない。

「お前の泣き顔はそそられるな」

涙の滲んだ目をジェラルドに向ける。ぼやけた視界の先がどんな表情をしているのかわからない。だがその声は楽し気に弾んでいるようだ。

「ここも、十分蕩けている。こんなに蜜をこぼしているぞ」

媚薬を注入された場所にふたたび指が這わされた。ぐちゅりとした水音が響く。

——蜜……。

意識すると、確かに下肢が濡れている。分泌液が溢れる感触がした。

「どうだ、欲しかった場所に指を挿れられた感想は。先ほどよりきつく締め付けて離さないぞ」

「んぅ……！」

まあ、どちらでもいいか、などと呟き、ジェラルドの指が一度に三本も挿入される。

「はじめてでここまで濡れるなんてな。お前の素質か、媚薬の効果か」

「あ、やぁ……」

——苦しい……のに、どうして……。

引きつれるような痛みもなく、さらに奥に欲しいと思ってしまう。

もっと奥までと強請るように、知らず腰が揺れた。

「腰が揺れたな。身体は正直だ」

「はぁ、ン……やぁ……ッ」

——違う！

抗議の言葉が出てこない。代わりに悩ましい声が漏れた。

頭では自分から折れたくないと思うのに、身体は貪欲に快楽を訴えてくる。

早く空洞を埋めてほしい。指だけでは足りない、もっと奥まで埋めてほしい、と。

——そんなの言いたくない……！

ぽろぽろと目尻から雫が落ちる。相反する感情が混ざり合い、混乱をきたしていた。

「強情だな」

中に埋められていた指が引き抜かれた。こぽりと愛液が蜜口から零れる。

「んぁ……」

途端に感じたのは切なさ。そしてなんで抜いてしまうのかという苛立ち。

ララローズはもはや我慢の限界に達しようとしていた。

「だが、なかなか楽しめた」

ジェラルドが下穿きを脱ぎ、裸体をすべて晒す。

彼の身体の中心には雄々しく天を向く雄の象徴――。臍まで反り返るほど猛々しいその棍棒《こんぼう》にララローズの視線が奪われた。

「ぁ……」

男性器を直視したのははじめてだ。太くて長くて、血管まで浮いて見える。

それを見て恐怖心を抱いているのに、ララローズは自分が期待をしていることにも気づいていた。

口内にたまった唾を呑み込み、子宮がそれを求めているのを感じ取る。

「怯えと期待と抵抗と快感。お前の表情は実に雄弁だな」

蜜口に先端が当てられ、ララローズは息を呑んだ。

――熱い……。

指とは比べものにならない質量。つるりとした感覚が伝わってくる。

ぐちゅりとした水音が自分が流した愛液の音だと思うと耳を塞ぎたくなるが、きっとジェラルドが許さない。

ジェラルドは己の楔《くさび》を上下に動かし、愛液で濡れて滑りやすくなったラローズの秘所を楽しんでいるようだ。

「あ、あぁ……」

「ここに触れたらお前の気が飛ぶだろうから触れてやらん」

ぷっくりした花芽を軽く擦られる。一度も指で弄られなかった場所だが、ジェラルドの楔で触れられただけで胎内にくすぶる熱が膨らんだ気がした。

「ンゥ……」

「強請れ、ラララローズ」

ぐちゅぐちゅと淫靡な水音を奏でながら、ジェラルドが淫らな誘惑を仕掛けてくる。

「ここに欲しいとお前が強請るんだ。腰を揺らすだけじゃない、言葉で示せ。お前が選ぶのだろう？」

屈しろと、やせ我慢はせず、自ら欲しいと言えと要求される。

ジェラルドの表情を窺えば、彼の額にも汗が浮かんでいた。目元はうっすらと赤く染まり、吐息も苦しそうだ。

――この人も我慢してるんだわ……。

意地の張り合いである。そんなやせ我慢をしなくてもいいのに、互いに面倒くさい性格をしているらしい。

「陛、下……」

自ら両脚を広げ、震えそうな息を吐き出した。

「ください……」

ジェラルドが目を瞠った。一瞬瞳孔が開いたかのように見える。

金色の瞳がギラリと光り、眉間に皺をくっきりと刻んだまま腰を押し進められた。

「ンン……ッ！」

十分柔らかく解れてはいるが、ラララーズの小柄な身体が受け入れるにはジェラルドの雄は大きすぎる。

みちみちと隘路を押し広げていく感触が苦しくて、ラララーズは断続的に息を吐いた。

「あぁ、ああ……ンァ……」

「ッ、狭い、な……」

媚薬のおかげか、苦しさはあれど激痛はない。

――熱くて焼けそう……。

中が擦れて気持ちがいい。指を入れられたときとは違う快楽がさざ波のようにララローズを襲う。

「はぁ……、アアァ……」

膣壁が広げられ、最奥にまで押し込まれる。コツンと子宮口にまで達した。

――全部、入ったの……？

苦しくて呼吸が乱れる。酸素を取り込もうと大きく息を吸った。

もっと乱暴に挿入されるのかと思ったが、ジェラルドはラララーズの様子を見ながら慎重に挿入したようだった。自分本位に扱うのなら一息に突っ込まれていたことだろう。

――よくわからない人……。

この行為に愛情など存在しない。だからこそひどい言葉も投げかけられるのに、相手を思いやるような態度をとられると調子が狂う。

「……動くぞ」

ラララーズの膝を持ちあげ、ジェラルドが律動を開始する。

肉同士がぶつかる音がした。

最奥を抉るように刺激され、ラララーズは衝撃に腰を仰け反らせる。

「あぁぁッ」

――強い……！

脳天まで痺れるようだ。

快楽と呼ぶには強すぎて気持ちよさは得られないのに、媚薬の効果だろうか。胎内で暴れる屹立が苦痛以外のものをもたらしてくる。

次第に苦しさが薄れていく。膣壁がジェラルドの精を搾り取ろうとするように強く収縮し、楔が出て行こうとするのを阻止する。

「……っ、締め付けすぎだ」

「しらな……っ」

無意識の反応だ。ラララローズの意思とは違う、本能の動き。

奥まで、早くちょうだいと強請るように、身体は一度受け入れた雄を最奥で欲望を放つまで逃がさない。

「陛下……」

――もっと……。

くすぶる熱が出口を求めて彷徨っている。まだ欲しいものが得られていない。

ラララローズの魔女の目がとろりと蕩ける。目の奥に光る星が誘うようにキラリと光った。

薄く開いた唇は甘い吐息をこぼし、ひどく艶めかしく男を求める。

「……遠慮はいらないようだ」

獣の唸《うな》り声のような低い呟きが届いた瞬間、ラララローズの視界に火花が散った。

「――アアッ!」

肌と肌が激しくぶつかり汗が飛ぶ。

貪欲に快楽を貪《むさぼ》るだけの交じわり。互いの荒い呼吸が室内に響き、淫靡な水音が鼓膜を犯す。

「はぁ、アン……、アァァ……」

グッ、グッと奥深くを突かれたと同時に、ラララローズの花芽が刺激される。

「ンアア――ッ！」

「存分に啼《な》け」

強すぎる快楽が押し寄せ、一瞬で高みへとのぼらされた。

視界が白く染まる。頭のどこかでパンッ！　となにかが弾けた音がした。

――なに、今の……。

階《きざはし》を上り落下するような感覚。四肢が怠《だる》く動かせないほどの疲労感。呼吸をしているのかもわからない。ただひと際強い快楽を受け止めて流された。

「……はぁ、はぁ……」

意識が遠のきそうになる。だがジェラルドの欲望はいまだ硬さを保ったままだ。

「まだ寝るなよ」

ジェラルドは、埋め込んでいた自身の楔を引き抜くと、ぐったりとしたラララローズの身体を反転させた。うつ伏せになったラララローズの腰を高く持ちあげ、ふたたび愛液をこぼす泉へと挿入する。

「んぅ……ッ」

「まだ俺は満足していない」

背後から串刺しにされ、ララローズは顔を枕に押し付けた。

正常位では得られなかった刺激が感じられる。より深くジェラルドを味わっているかのようだ。

まるで獣みたいだと、意識がはっきりしない頭で思う。だが獣は子孫を作るために交尾をする。鳥も虫も。子孫が生き残ることを願って血を繋ぎ繁殖する。

だが自分たちは、愛し合う夫婦でも、恋人ですらもない。子孫を作るためでもない。ただ呪いを解くという目的のために抱かれている。

――贖罪なんだろうか。

自分自身が犯した罪ではないのに、言うなれば運命に翻弄されている。ララローズも、ジェラルドも。

背後から蹂躙《じゅうりん》するように腰をぶつけられた。

ララローズの身体ははしたなく蜜をこぼし続け、さらなる快楽を求め続ける。一度達しただけでは足りないのだとでも言うように。

「――出すぞ」

低い呟きが耳朶《じだ》を打った。

ぶるりとジェラルドが震えたのが伝わってくる。

最奥に白濁を注ぎ込まれて、ラローズの身体も小さく震えた。

――ああ、これで……。

これで解放されるだろうか。ジェラルドの呪いの模様も消え、命が数年で尽きることも、愛する女性を忘れることもなくなるのだろうか。

――陛下が婚約者を作らなかったのは、いずれ忘れてしまうからなの……？　もしくは、自分で終わりにしようと思っているからだろうか。この呪われた一族を後世には残すまいと……。

――そうだとしたら悲しすぎる。

恐ろしい人だけど、怖いだけではない。だってあの夜は一緒にいて楽しかった。

あのときの彼との時間を思い出し、ララローズの胸に小さな棘が刺さったが、その痛みには気づかないふりをする。

目を閉じる寸前に見えたジェラルドの上半身には、忌々しい呪いの模様がくっきりと浮かび上がったままだった。

第三章

深夜、日付が変わった頃、ジェラルドはひとり寝室の隠し通路から城の外へ出た。向かう先は城の敷地内にある魔術師の塔だ。使用人たちもほとんど寝静まっているような時間だが、夜の長い魔術師はまだ起きているはずだ。

城内を歩くときはきっちりと国王の装いをするが、深夜部屋を抜け出すときは軽装だ。特に今は情事の後で、手早くシャツを身に着けただけの姿だった。

ジェラルドは厳めしい表情のまま目的地にたどり着き、扉を開けた。

円形の部屋は中央に螺旋《らせん》階段があり、塔の頂上まで続いている。壁一面に薬品棚や本棚が備え付けられており、貴重な薬品や蔵書がぎっしりと埋まっていた。

独特な香りが漂う部屋は少々薄気味悪いが、ジェラルドには慣れた場所だ。人体を模した等身大の人形や骨格標本が飾られているのも、薬学や医学に精通する魔術師の部屋なら違和感はない。

「ギュスターヴ」

ジェラルドが頭上に向かって声をかけた。すると、二階の階段から目当ての人物がひょっこりと顔を出す。

「おや、陛下。てっきり今夜はいらっしゃらないと思っていましたが」

「来るに決まっている。……お前も早く結果が知りたいだろう」

「まあそうですが……避妊薬とはいえ媚薬入りのものを使用した後で、女性を放置したまま こちらへお越しになるとはさすがに思いませんでしたよ」

「ふん、そもそも行為に失敗したとは思わないのか」

「その顔を見れば成功したとわかりますよ。よかったですね、陛下が無事に女性を抱けたとは実に喜ばしい」

胡散臭い笑みを浮かべた細身の男が螺旋階段を下りてくる。

男は目尻の垂れた柔らかい顔立ちをしており、魔術師のローブを身に着けている。年齢は確実にジェラルドの父親より上のはずだが、一見すると若々しい。しかし優しげな表情と醸し出される雰囲気が男を老成しているように見せていた。

この年齢不詳の男は、何代か前の王が異国から連れてきた魔術師だそうだが、いつからこの城にいるのかわからない。

魔術師は魔女とは違い、一般的に学問として魔術を学んだ人間のことを呼ぶ。専門はそれぞれだが、ギュスターヴと名乗る男は特に呪いについて豊富な知識を持っていた。

人間のはずなのだが、年齢不詳なところといい知識の豊富さといい、まるで数百年の時を生きているような得体の知れなさを感じることがある。

「精力剤を贈るべきか迷ったのですが、杞憂だったようですね」

その言葉に、ジェラルドの目が煩《わずら》わしげに険しくなった。眉間の皺が深くなる。

「用意していたなら何故よこさない」

「命じられておりませんので。不快な想いをさせて陛下のご機嫌を損ねたくはありませんから」

ジェラルドは小さく舌打ちした。

当初ジェラルドはラローズを抱けるとは思っていなかった。何故なら彼の男性器は、生殖器としての機能を果たさず長らく不能だったからだ。性的な興奮や快楽を得られたことはこれまで一度もない。その秘密を知っているのはこの魔術師くらいだ。

ギュスターヴはヴェスビアス王家にかけられた呪いを解く方法について仮説を立てた。基本、呪いを解くには、呪いをかけた魔女に解かせるか、その魔女を殺すか、なのだという。だが稀に魔女の子孫が生きている場合、呪いが継続することもあるらしい。また、魔女の憎しみの根を断つことで呪いが解けたこともあるのだとか。よって、ジェラルドにかけられている呪いは、呪いをかけたイングリッドに解かせるか、イングリッドとその子孫を殺して呪いを無効化するか、イングリッドの子孫と結ばれるかのいずれかだろうと。

国内外、どこを探してもイングリッドの姿は確認できない。そのため生存している可能性は低いと判断していた。

ならば残りのふたつの方法に頼るしかない……イングリッドの血を引く者を捜し出す。だがこれがとても厄介だった。

魔女の子供は娘であれば魔女となるそうだ。だがこの国は魔女の存在を認めていない。ギュスターヴによれば、魔女の目は特殊な虹彩をしているらしい。それに不思議な力を持つのだからそんな人間はすぐに噂になるはずだが、聖職者を派遣させ国内を隈《くま》なく捜させても、怪しいと思われる女の報告はなかなか上がってこなかった。

魔女は後継者を作るため、男を誘惑し子種を奪う。息子が生まれれば養子に出し、娘が生まれれば魔女として育てるのが彼女たちの常識らしい。もしかしたら、イングリッドは後継者を作らなかったのかもしれない。

だが、ギュスターヴは、王家の呪いが続いているのはイングリッドの子孫が生きている証拠だと推測した。

ギュスターヴの専門外ではあったが、占いにより、微弱な魔女の気配を察知し、城内にいる可能性にたどり着く。これまでは王都から離れた場所を重点的に探していたが、城内にいたとは盲点だった。とはいえ長い道のりを経て、ようやくララローズにたどり着いた。

……まさか旅先の温泉地で出会い、混浴までしてしまった女だったとは思いもしなかったが。昼間は一瞬しか目を合わせず、夜は満足な光がなかったから魔女の目は確認していないが、本人だろう。

動揺しなかったと言ったら嘘になる。が、相手が誰だろうとジェラルドの目的に変わりはない。

「陛下なら惨殺《ざんさつ》一択かと思いましたが、ララローズ嬢と結ばれることができて喜ばしい限りです。ですが、その顔からして、呪いが解けていないということでしょうかね」

ギュスターヴの視線がジェラルドの首元に向けられた。

ジェラルドは乱雑にシャツを開いて肌を見せる。その身体には呪いの模様がくっきりと浮かんだままだった。

「なんの変化もないぞ」

「おやまあ……それではただ陛下が気持ちよくなられただけ、ということですね」

「気持ちいいだと？」

「よくなかったのですか？」

「……」

下衆《げす》な問いかけをされ、ジェラルドは口をつぐんだ。

ララローズに出会うまで、ジェラルドはイングリッドの子孫を根絶やしにすることしか考えていなかった。己の男性器が不能のため、肉体的に結ばれることは不可能だからだ。

今まで数多くの女性と会ってきたが、性的な興奮を感じたことは一度もない。

だが、地下牢でラローズと再会した瞬間、奇妙な心地を覚えた。

あの目を見つめてはじめて、己の下半身に血が集中する感覚を抱いた。胸の奥がざわついて落ち着かないような感覚だ。

再会を喜んだわけでは決してない。むしろ何故お前がという苛立ちが生じた。

目の前の女の素肌を暴きたいという衝動さえ抱き、そんな己に戸惑いすら感じていた。

一体どういうことなのかを確かめたくて、ララローズに湯浴みを勧めたとき、しばらく浴室に留まってみた。女性の裸体になど興味はなかったのに、彼女の嫌がる表情に何故かそそられた。

己の分身の昂《たかぶ》りは気のせいではない。できるかどうかわからないと思っていたが、これなら三つ目の解呪方法を試せるのではないか。

結果として、ジェラルドは不能を克服した。

ララローズがしどけなく寝そべる姿に劣情を催し、思いきり啼かせて自ら求めさせたい、そんな嗜虐心がひどく刺激されたのだ。

手ひどく扱った自覚はある。媚薬の効果で痛みはなかっただろうが、処女相手に手加減をせず抱き潰してしまった。泥のように眠るララローズはしばらく目覚めないだろう。

「陛下が女性を抱けるとなれば、早急に妃候補を選定し世継ぎを作ることも可能ですが……心変わりはありませんか？」

「ないな。俺は妃を娶《めと》るつもりもなければ子供も作らない。ヴェスビアスの血は俺で最後だ」

「呪いが解けたとしても？」

「他の女を抱けるとは思えぬ。何故かラローズには反応はしたが、他の女に欲情できる気がしない」

「はあ、なるほど……それもイングリッドの呪いの影響かもしれませんね」

そう、他の女性では興奮できないのも、呪いの影響である可能性が高い。今までの国王は妃を娶り、子を作ってこられたが、ジェラルドはなんらかの形で呪いの影響を強く受けている可能性が高いと推測された。

——呪いが解けても解けなくても、ヴェスビアスの王家は滅びる。

三十で寿命が尽きるまであと五年弱。運よく生き延びられたとしても、その後をどう生きるか考えてもいなかった。ジェラルドにとって、これまでの自分の人生はそれだけ呪いと共にあったのだ。

「身体が結ばれても呪いが解けぬのなら、やはり皆殺しにするしかないか」

「お待ちください、そう判断するのは早いですよ。恐らく身体だけではなく心も結ばれる必要があるのでしょう。陛下はきちんとラローズ嬢と心を交わしましたか？」

「そんなわけがないだろう。家族を見捨てるか己を差し出すかを選ばせて純潔を奪ったまでだ」

　ギュスターヴの口元がわずかに引きつった。

「……脅迫ですね、容易に想像がつきます。ならばもう少し時間をかけて彼女に歩み寄るように。心が通じ合えば呪いが解ける可能性は高まりましょう」

「まどろっこしい」

　心を交わすなど、抽象的かつ悠長なことは好まない。

「陛下、イングリッドが何故呪いをかけたか。そこに呪いを解く鍵があるのですよ。魔女とは感情の赴くまま自由に生きる者たちですが、愛は憎しみと比例するものです。呪いの深さはすなわち、裏切られた愛情の代償でもあるのだと、私は推測しています」

「お前は俺にラララローズを愛せと言うのか」

「愛というのは命じられて芽生える感情ではありません。陛下が見つけ、情を育む必要がありります。性急に事を進めてもいい結果は得られませんよ。少しずつ歩み寄ることが解呪の助けとなるでしょう」

「……チッ、やはりまどろっこしい」

　ジェラルドはふたたび吐き捨てるように呟いた。

「彼女は貴重な協力者です。彼女自身に罪はないことをお忘れなきよう」

ラララローズと向き合うことから逃げるなと釘を刺された。なんとなく、自室に戻りたくない気持ちでいたのだが、ギュスターヴにはお見通しだったらしい。

――忌々しい。

ジェラルドは乱れたシャツのまま隠し通路を使い自室に戻る。頭の中ではギュスターヴの言葉が繰り返されていた。

――ラララローズに罪はない？　いや、そんなことはない。あいつらが生きているせいで、王家の呪いが解けていない可能性が高いのだから。

もちろん、裏切りの代償を王家の子孫に押し付けたイングリッドが一番の悪人だ。だが無関係を貫き、自分たちだけ平和に生きていたラララローズたちに怒りが込みあげる。

ギュスターヴは彼女たちが姿を現さなかったのは呪いの詳細を知らされていなかったからか、王家を憎んでいたからだと推測していた。

ラララローズとの会話が蘇る。彼女は呆れるほど無知で、先祖がかけた呪いを知らないようだった。

――知らなかったのなら、今から嫌というほどわからせてやろう。

これまで、王家が何代にもわたって犠牲を払ってきたのだと気づかせてやるのだ。呪いをかけた側の子孫が知らず、かけられた側の子孫だけが苦しむなど、不公平だろう。

他人に自分の命を操られるのがどれほど理不尽なことか。愛する妻の記憶を奪われることがどれほど地獄なのか。イングリッドがもたらした呪いは一時の感情で仕掛けていいものではない。その代償を支払うべきなのはエルンストだけだ。否応なしに巻き込まれた子孫の無念を、イングリッドの子孫は想像だにしていない。こんなことがあってたまるか。

——魔女の子孫は魔女だ。人間ではない、油断ならぬ存在だ。

ララローズに同情などしない。ジェラルドが二十五年も苦しみ続けてきたことに比べれば、同情する余地などないだろう。

ジェラルドは、燻《くすぶ》った感情を抱えたまま、寝室に戻った。

部屋を抜け出したときと同じ格好のララローズがジェラルドの寝台の上で眠っている。一見死んでいるのではないかと思うほど、彼女はぴくりとも動かない。

火照っていた身体からは余分な熱が消えていて、彼女の肌は無数の噛み痕や鬱血痕《うっけつこん》で無残な状態になっている。情事の最中に気持ちが昂り、所有の証を肌に刻みつけたが、冷静に考えるとどうかしていたと思う。

ララローズの濃紺の髪が白いシーツに散らばっている。この髪の艶やかでしなやかな質感は指通りがよくて悪くなかった。

肉感的な太ももは弾力があり、肌理《きめ》の細かい肌も悪くなかった。華奢《きゃしゃ》すぎる女より、柔らかい身体の方が好ましい。

脳裏に蘇るのは、温泉で月明かりに照らされた彼女の姿。女を助けたのはあれがはじめてだった。忘れようとしても忘れられない。あの二の腕の柔らかさも、羞恥に耐えていた表情も。そして正体を知らないからこそ気兼ねなく話せたあの時間も……。

ララローズの股の間から己が放った白濁が零れている。よく見るとシーツには純潔の証が散っていた。

「……チッ」

この数時間のうちに、何度目になるかわからない舌打ちが零れた。

自分の行いは後悔していないはずなのに、後味の悪さが込みあげてくる。

「……お前の心が俺に向いたら、呪いは解けるのか」

それはまるでイングリッドの思惑にはまっているように感じる。自分の意思を無視されているようで気に食わない。

——そうだ、俺はずっと気に食わないんだ。自分の人生を他人に支配されていることが。

誰かに自分の人生を決められたくはない。どう生きてどう死ぬか、選ぶのは己自身だ。

それがずっとジェラルドの苛立ちの源となっている。

ララローズを今後どう料理するか。

ジェラルドは眠ることを放棄し、一晩別室で夜を明かすことにした。

◆　◆　◆

ララローズの朝は早い。侍女として数年間、毎日同じ時間に起床しているため、体内時計が起きる時間を知っている。

三日間の投獄生活では熟睡できず、陽の光も満足に浴びられなかったため時間の感覚が狂っていたが、一晩寝台の上で眠ったおかげか元通り朝の光で目を覚ますことができた。

──……ここ、どこだっけ？

ぼんやりとしたまま身体を起こそうとする。が、身体の節々がすぐさま悲鳴を上げた。腰が怠《だる》い上に股に異物感がある。腕を上げるのも億劫《おっくう》だ。そして少し身じろぎをしただけで、月の物のときのようになにかが垂れる感覚がした。

「え、嘘っ」

思わず羽毛布団をめくって確認する。シーツには茶色く変色した赤いシミがついていたが、今零れてきたものは別物だった。

──……。待って。ここって、陛下の寝室……！

昨夜の記憶が蘇る。

獰猛《どうもう》な獣に骨までしゃぶられるように抱かれたことを思い出し、ララローズの顔が一瞬で赤面する。

「ああ、あああぁ……」

鏡を見るのが怖い。胸元には赤い鬱血痕がちらほらと見える。

こんなふうに証拠が残るように食べ散らかすなんて……。身体を繋げることだけが目的であれば、このような痕《あと》などつけなそうなものなのに。

昨夜、貴族令嬢にとって大事な純潔をなかば強引に奪われたわけだが、ララローズはあまり落ち込んではいなかった。自分でそうすると決めたからか、ジェラルドの顔が好みだったからかはわからない。不思議なことに悲壮感はなかった。

もしかしたら、自分が魔女の血を引いているからだろうか。魔女は本来、性に奔放だという話を聞いたことがある気もする。

そんなことを考えながらあたりを見回す。

この広い寝台には今ララローズしかいない。隣に温もりが残っているか確認するためシーツの上を撫でるが、冷たいままだった。

――陛下はどこかへ行ったようね。汗を流したいのだけど、勝手に使っていいのかしら。

べたついた肌が気持ち悪い。汗や、ジェラルドの体液がこびりついている。はじめてとは思えぬ乱れっぷりを思い出し、ララローズは深く溜息を吐いた。媚薬の影響なのだと自分に言い聞かせながら、寝台を下りようとしたが――。

「……嘘、腰が立たない」

そのままぺたりと絨毯に座り込んでしまった。

立ち上がろうとしても足腰に力が入らず、寝台に縋りつくように身体を支える羽目になる。

——これはまさか、抱き潰されたってこと？

腹の奥に鈍い痛みを感じる。股の異物感にも慣れず、情けなくて涙目になりそうだ。こんな間抜けな姿を誰かに見られたら恥ずかしすぎる。せめて羽織るものが欲しいが、ララローズが手を伸ばせるところにはガウンも衣服も見当たらなかった。

——仕方ない、恥を忍んでここはほふく前進だわ……。

全裸で絨毯を這う真似などしたくない。しかもここの絨毯はララローズが毎日掃除をしていた部屋と比較にならないくらい高級品なのだ。毛足が長くて、ここで昼寝をしても背中が痛くならなそうな一品……体液で汚れた肌をつけるのが申し訳ない。

——あとでちゃんと掃除する……！

誰もいない部屋で床に這いつくばったまま移動をしようとした瞬間。

「なにをしている」

音もなく入ってきた部屋の主に、不審者を見つめる目で見られた。

「……っ、陛下」

慌てて上半身を起こすが、やはり立ち上がれず、ぺたりと座った。だが陽の光が差し込む部屋に、全裸で座り込むのは恥ずかしすぎてジェラルドの目を直視しがたい。

「あの、身体を洗いたいのですが、た、立ち上がれなくなってしまい……」

金の目がスッと細められた。瞬時に状況を察したらしい。

呆れたような眼差しを向けられている。ラブローズは、へらっと笑ってみせたが、彼は
ラブローズの笑顔をあっさり無視し、浴室へと姿を消した。

――ええ……ひどい。

湯を溜める音がする。ラブローズのことを無視し、ひとりで湯に浸かるつもりか。

やや不貞腐れた感情が込みあげる。一体こんなところでなにをやっているのだろう。

――私これからどうしよう……。もう私への興味は失せたってことよね。

失せてくれて構わない。これ以上用事があると言われる方が困るのだから。

気に入っていた職場を失うのは少々惜しいが、これも仕方ない。王都を出て領地に戻るとしよう。いや、それよりも母を連れてどこか遠くへ逃げた方がいいかもしれない。やはり気が変わりイングリッドの子孫を皆殺しにすると言われる可能性も残っている。

ラブローズはジェラルドとの約束を信じ切れるほど彼を信用できていなかった。

今後の身の振り方を考えていると、ふいに浴室の扉が開いた。

ジェラルドが不機嫌顔のままラブローズに近寄り、ひょいっと肩に担《かつ》ぐ。

「ひゃあぁ……ッ!?」

「なんだその悲鳴は」

腹に負荷がかかり体勢が辛い。なんでジェラルドに抱えられて移動させられているのか。

「っ、陛下？」

女ひとりを軽々持ちあげ、危なげない足取りで浴室に向かったかと思うと、ラララーズは半分ほど湯が溜まった浴槽へ入れられた。乱暴ではないものの、思わぬ事態に驚いて咄嗟に目を閉じる。

「きゃあ！」

派手な水音が浴室に響いた。温かな湯に触れて身体が一瞬強張るが、それもすぐに弛緩する。

――まさか私のために湯を溜めて運んでくれたってこと？

ジェラルドがそんなに面倒見がいいとは思えなかった。昨夜から、不機嫌な顔か、嘲笑《ちょうしょう》しているところしか見ていないし、ララローズのことも利用価値がなくなればすぐさま追い出すだろうと思っている。

どういうつもりなのかわからず、ララローズは呆然とジェラルドを見上げた。だが目の前で、ジェラルドもおもむろに服を脱ぎだしてギョッとする。

「え、ええええ！」

「うるさい、いちいち喚《わめ》くな」

あっという間にすべてを脱ぐと、ジェラルドも浴槽に入ってきた。

大人二人は余裕で浸かれる広さだが、大柄な彼と入ると一気に水嵩《みずかさ》が増した。溢れた湯が床に零れる。

あの温泉のように乳白色ではない透明の湯に浸かっているから、どこを向いたらいいかわからない。同じ相手とふたたび風呂に入ることになるとは思わなかった。

ラララローズは顔を真っ赤にさせ視線を彷徨わせるが、ふと、あることを思い出し、目に神経を集中させた。意識的に「視る」ことを願うと、目の周辺がじんわりと熱くなる。魔女の目に映るのはジェラルドにかけられた呪いの証だ。

――消えなかったんだわ。

呪いは解けていなかった。昨夜の交わりは無駄だったのだ。

両脚を抱えるように浴槽の隅で丸くなる。自分の身体を差し出したことを後悔はしていないが、肝心の解呪ができなかったのだと思うと、損をした気分にもなる。

じわじわと身体は温まっていくが、心は重く沈んでいく。目の前にジェラルドがいることも気まずい。お前のせいだと言外に言われているような気にもなってくる。

「あの、陛下。何故また一緒に入っているんですか」

「その方が合理的だからだ」

浴槽に背を預けて堂々と寛ぎ、濡れた手で前髪をかきあげる仕草が色っぽい。濡れた髪がジェラルドの色香を増幅させているが、ララローズには大型の肉食獣が束の間の休息をとっているようにしか見えなかった。

あの温泉での夜は神話の男神のように神々しく美しいと思ったのだが、旅先の魔法にでもかかっていたのだろう。

いつ牙を剝《む》くかわからない相手だ。隙を見せてはいけないと自分に言い聞かせる。

——まったく安らげない……。

身体の怠さは治まりつつある。もうしばらくゆっくりしていたら歩けるようにもなるだろう。だが、ジェラルドはいつまでここで寛ぐつもりなのか……ラローズは小さく息を吐いた。

「……その模様、消えなかったんですね」

「ああ、消えなかったな。呪いはまだ解けていない」

黒い茨の模様はくっきりと浮かんだままだ。滑らかな肌に浮かぶ異様な模様は罪人の証のように思えて痛々しい。

どのくらいの速さで成長するのか、確認するのも憚《はばか》られた。

「これから、陛下は私をどうするつもりです？　てっきりお役御免になって城を追い出されるのかと思っていましたが」

「残念だったな、役目は続行だ。お前にはそうだな、俺の奴隷にでもなってもらおうか」

「奴隷？　この国に奴隷制度はないのでは……」

奴隷制度が続いている国もあると聞くが、ヴェスビアス国にはそのような制度はない。最低限の人権は国が保障している。

恐々とジェラルドの答えを待つ。

彼の機嫌次第で自分の処遇が決まると思うと、心臓が落ち着かない。

「ちっ、知っていたか。まあいい。お前は俺の侍女として身の回りの世話をしろ。要は世話係だ」

今まで国王付きの侍女はいないはずだ。ジェラルドが身の回りのことはすべて自分でやってしまい、補佐官のマティアスにも最低限の雑用しか命じていないらしい。

女性を近寄らせないようにするため、というだけではなく、もしかしたら人嫌いなのかもしれない。

——国王陛下の侍女だなんて、出世しすぎだと思う……。でも、拒否権はないわよね。

「……かしこまりました」

互いに全裸のままこのような会話をしているなんて、少し滑稽に思える。落ち着かない気持ちを隠しながら、ララローズは頭を下げた。侍女として仕えるなら、相応の振る舞いをしなければいけない。

「早速だが、俺の身体を洗うのを手伝え」

「……私が陛下に触れてもよろしいのですか？」

「昨日散々触れていただろう。今さらなにをかしこまる。だがその前に、お前は魔女としてなにができるかここで洗いざらい話せ。これ以上、呪いをかけられたらたまらんからな」

「っ、なにも！　なにもできませんよ。知識もなければ、魔法なんて使ったこともないのでわからないです」

「魔女とは知識があれば呪いもかけられるのか」

「わかりません……。私も魔女の目と呼ばれる虹彩はありますが、修業もしたことがないので。潜在的な能力はあっても使い方を習得していなければ、なにもできないのと変わらないでしょう？」

「そうか、ならばよい」

――よい、と言いつつ、これはきっと少しでも不審な動きをしたら首が飛ぶわ……。

噂では、国王は裏切り者には死を、と眉を動かすことなく臣下の首を刎ねよと命じるらしい。そんな冷酷さを持たないと、若くして国王など務まらないのかもしれないが。

びくびくしていると、浴槽を出たジェラルドが、縮こまったままのラローズの脇の下に手を差し込んだ。そのまま両手で持ちあげ、洗い場の上に下ろす。

「な、なにを急に……」

「立てないと言っていただろう。持ちあげたほうが早い」

子供を運ぶように成人女性を難なく移動させるなんて。驚きすぎて心臓が遅れてバクバクと反応する。

「……お気遣い、ありがとうございます。多分もう大丈夫です」

――彼の突拍子もない行動にも慣れないと！

身体が温まったことで立ち上がることもできそうだ。多少不調は残っているが、動けないほどではない。

男性の身体を洗うことも、そのような教育を受けたことなどないが、粗相をしないように気を付けながら、浴槽の淵に腰をかけたジェラルドの身体を洗うことに集中する。

爽やかなハーブの香りが練りこまれた石鹸を使い、海綿《かいめん》を泡立たせる。にこりともしない顔を見ると怯みそうになるが、グッと堪えてジェラルドの前に膝立ちになった。

「では、失礼します」

自分も肌を晒したままなのが落ち着かない。できればタオルで身体を隠したいが、きっとジェラルドは許さないだろう。

羞恥心にも耐えながら、ジェラルドの首から胸元にかけて丹念《たんねん》に身体を擦り始める。今まで身の回りの世話を自分でこなしていた理由はきっとこの呪いのせいだろう。

――魔女の目を持たない人間には視えないとは思うけど、絶対とは言い切れないものね……。私もすっかりこの模様を確認できるようになってしまったし。もし視られたら弱みを握られることになるから……。

呪いを知る人は限られているはずだ。きっとその事情を知る人間しか彼の周りには置いていないのだろう。

くるくると泡をすりこませながら洗っていくが、両腕と腹部までを泡まみれにすると残るは背中と下半身になる。直視しないようにしていたジェラルドの雄の象徴を見ざるを得なくなり、ラランローズは赤面しそうになるのを一生懸命堪えていた。

――ど、どうしよう……触れていいの？　海綿で？　それとも素手で？

「どうした、手が止まっているぞ」

からかいの滲む声が頭上から降ってくる。明らかにラランローズの戸惑いに気づいている声だ。

もしやこの状況も嫌がらせなのでは？　と思えてくるが、ラランローズは冷静に問いかける。

「得体の知れない女が、陛下の急所に触れても許されるのかと思いまして」

ジェラルドの眉がピクリと上がった。

他人に急所を触らせることは信頼の証でもあるとも捉えられる。彼は今、自分がラランローズを信頼しているか試されていると感じているだろう。

なにやら嫌そうに顔を歪《ゆが》めて逡巡していたようだが、結論は先延ばしにしたようだ。

「……そこはいい、背中を洗え」と命じてきた。

「かしこまりました」

――よかった！

内心ほっとしたが、表情に出さないよう気を付ける。

背中にも浮かび上がっている模様に胸を痛めながら、足首まで磨き上げた。まんべんなく泡を洗い流し、一息つく。

「頭も洗いますか？」

「……頭はいい。他人に洗われるのは落ち着かん」

ジェラルドはふたたび湯に身体を沈めたが、その様子はどことなく疲れて見えた。元々身の回りのことをひとりで行っていたのであれば、誰かに触れられることには慣れていないのかもしれない。

――お互い疲れるだけって、意味がないのでは……。

ラランローズは手早く自身の身体を洗い、備え付けの棚からタオルを取り出した。身体に巻き付けて、ジェラルドに声をかける。

「では陛下、ゆっくりお寛ぎください。先に上がらせていただきます。なにか必要なことがありましたらお呼びください」

互いにひとりの時間が必要だろう。ラララローズはそそくさと浴室を後にして、あらかじ

め用意されていた着替えを纏った。浴室からは大きな溜息が聞こえた気がした。

◆◆◆

国王付きの侍女としての生活が始まって五日が経過した。

今まで使用していた部屋は引き払われ、わずかな私物はジェラルドの衣装部屋の一画に置かれている。

ラララローズは使用人部屋を新たに用意されることなく、ジェラルドの部屋に滞在させられていた。ただの侍女が国王と同室になるなど外聞が悪いと辞退しようとしても、彼は聞く耳を持たない。世話係として四六時中傍にいた方が便利だし、監視のためだと言われてしまう。完全には信用されていない立場なので、そう言われてしまえばラララローズも異を唱えることが難しい。

侍女としての生活をしているが、実質は国王の私室に軟禁されているようなものだ。部屋の外にひとりで出ることは許されず、食事もわざわざ運ばれてくる。掃除用具は室内に保管場所を作られたので、取りに行くこともなく、部屋の中でできることをひたすらやり続けていた。それでも三日目となると、午後には時間が余ってくる。

「……陛下っていつ寝ているのかしら」

浴室や寝室をぴかぴかに磨き、窓を開けて換気をしながらふとジェラルドの生活が気になった。

早朝目を覚ますと、ジェラルドの姿は消えている。ララローズが起きるよりも早く身支度を整え、仕事を始めているのだ。そのまま夜まで顔を合わせない日もあった。私室にある執務室はほとんど使っている形跡がない。早朝のみ使用しているらしいが。

侍女のはずなのにこれといった仕事は命じられず、なんとなくジェラルドの衣装を前日に衣装部屋のわかりやすい場所に用意しておくくらいしかできていない。次の日の服はララローズが選んだものを身に着けているため、少しは役に立てているようだと安心するのが日課になりつつあった。

ジェラルドは一か所にじっとしている性格ではなく、気づくと姿を消しているので、ララローズはほとんどこの部屋でひとりきりで過ごしている。

——うーん、陛下と全然話せていないわ……。このままでいいのかもわからないし、これからどうなるんだろう。

侍女として傍に置いているのは、単なる雑用をさせるためだけではないだろう。ジェラルドの呪いを一刻も早く解くことを求められている。家族を盾に脅されたのもあるが、ララローズも自分の意思でジェラルドに協力することを選んだ。

もしジェラルドと初対面であれば、自分は無関係だと思うこともできたかもしれない。

だが、あの温泉での夜、ララローズは彼の優しさに触れてしまっている。互いの素性を知らないときに示してくれた優しさは演技だとは思えず、心の中でひっそりと燻る感情を消火できずにいた。

ジェラルドは性格に難があるが、優秀な国王であることは誰もが認めている。彼が亡くなればこの国は荒れるかもしれない。用意周到なジェラルドが保険をかけていないとは思えないが、誰を次の王に指名しても争いは避けられないはずだ。

ヴェスビアス国の東は海に面しており、北は山脈に囲まれた平原地帯だ。ララローズの故郷も北側にある。王城は渓谷に建てられており自然と調和した美しさを誇る避暑地だ。夏は涼しく過ごしやすいが、冬は雪深い。

国の主な産業は漁業、酪農、金属加工業。国内には金鉱山があり、採鉱冶金、金属加工の技術を用いて高度な部品を作っている。精密な時計も作っていて、それらを他国へ輸出していた。

先代国王の時代から他国との外交を強化してきたが、ジェラルドはさらに貿易に力を注ぎ自国の発展に繋げている。戦争の火種になりかねない金鉱山を守るためには、隣国と友好的な関係を保たねばならない。補佐官のマティアス曰く、ジェラルドが国境付近の視察に赴くことは珍しくないらしい。

国力を上げ、豊かな国造りをする。国が豊かになれば職にあぶれ罪を犯す者も減るだろう。ジェラルドが即位してから十一年で行ってきた政策は、これまでの国王とは比べものにならないくらい数多くあるが、彼の残された時間を知れば、彼が生き急いでいるのだと思い知らされた。

――国のためにも陛下を死なせるわけにはいかないし、死なせたくない。イングリッドの呪いは早く断ち切らなくちゃ。

ジェラルドは生きることを諦めていない。だからラララローズを見つけ、ここに滞在させている。牢屋に入れられたことや家族を人質にされていることはいまだに許せないが、ラララローズはどうしてか、彼の力になりたいと思い始めていた。

――自分のせいで人が死ぬと思うと後味が悪いからだわ……！　きっとそう。他に理由なんてないもの。

換気の窓をひとつ開けたまま、ラララローズは文机の前に腰を下ろした。自分にもなにかできることを見つけたい。それにはやはり情報が必要である。

「お母様へ手紙を書いたけど、届いたかしら」

ラララローズは数日前に母に宛てて手紙を出した。少しでも呪いについて調べるために。

届いていなかった場合のためにもう一通送った方がいいだろうか。今までは定期的に仕送りもしていたが、今後はそれもどうなるかわからない。国王付きの侍女として働く自分に給金が支払われるのかもはっきりしていない。今までの仕事は退職扱いになっているのか、異動扱いなのかもわからない。

「……手紙のお返事ってちゃんと届くかしら」

王城へ届いた手紙は一か所にまとめられる。そこから仕分けされ、各部署に届けられるのだが……そこで滞っている可能性も考えられる。

――自分から確認しに行っちゃダメかな？　マティアス様にお願いするとか……。

忙しい人の手を煩わせたくはないが、捨てられてしまっては困る。一言お願いすることにして、ラララローズはふたたび母宛の手紙をしたためた。

その後夕食を済ませ、就寝の時間になるとようやくジェラルドが部屋に戻ってきた。

「お帰りなさいませ、陛下」

相変わらず、眉間に皺が刻まれている。いつ見ても不機嫌で厳めしい表情だ。

――せっかくの美丈夫なのにもったいない。

終始穏やかな笑顔を浮かべていたら、それはそれで違和感があるし、女性問題も多くなりそうだけれど。

「食事は召し上がりましたか？　湯浴みはいかがなさいますか？」

「どちらも必要ない、湯浴みは後でする」

「かしこまりました」

ジェラルドが首元を寛がせる。いつも首元まできっちり釦をとめて、クラヴァットをしているが、あまり窮屈な服装は好まないそうだ。

ラララローズも着替えの手伝いをし、衣装部屋に服を吊るす。ジェラルドはシャツ一枚になると、胸元の釦を二、三外し、長椅子に腰かけた。その疲れた様子を見て、ジェラルドにお茶の用意をする。

「ハーブティーです。よろしかったらどうぞ。疲労回復と安眠効果がありますよ。毒も入っていません」

「最後のは余計だろう。俺を試しているのか？」

「言っても言わなくても怪しいのであれば、ちゃんと言葉にして伝えたほうがいいのではないかと思いまして」

ラララローズは同じポットからもうひとつのカップにハーブティーを注ぐ。すっきりした爽やかな香りを嗅《か》ぐとほっとする。ジェラルドの対面の席に座り、彼の目の前で一口飲んでみせた。

「まあ、こうして毒味をしてみせるのが一番信用できますかね」

「……」

ジェラルドも無言でカップを持ちあげ、一口飲んだ。

眉間の皺が深くなるが、その意味を読み取れるほどラララローズはジェラルドと長く過ごしてはいない。

「不味《まず》くはない」

「お口に合ったようでよかったです」

ジェラルドの身体から余計な力が抜けた。リラックスした様子を見ると少しホッとする。

こうして二人きりで話ができるのは久しぶりだ。ララローズは、周囲に人がいないことを確認し、ジェラルドに声をかける。ここ二、三日の間に考えていたことだ。

「陛下、先日母に手紙を送りました。母がどれほど把握しているかはわかりませんが、イングリッドについて知っていることを教えてほしいと。私にできることがあれば協力します。ですが情報が足りません。私にも陛下が集めてきた情報を見せていただけないでしょうか」

もしも、彼がララローズをまったく信用していなければ、見せてはくれないだろう。でも少しでも心を開いているのなら……。

複雑な思いでジェラルドを見つめていると、彼はカップの中身を空にして、ソーサーに戻した。目を瞑り、椅子の背に身体を預けて溜息を吐く。見せるべきかどうか考えているのだろう。

だがジェラルドはおもむろに長椅子から立ち上がり、ララローズに「ついて来い」と命じた。

彼は寝室の壁にかけられた絵画を外した。ララローズの背丈ほどはある大きな絵画だ。

どこかの風景を描いた美しいものだが、彼女にはどれほどの価値があるのかわからない。

絵画を外すと隠し扉が現れた。ジェラルドはその鍵穴に鈍色に光る鍵を差し込んだ。

「これは、隠し通路ですか？」

「そんなもんだ。来い」

王族の寝室に隠し通路が存在するのは一般的だろうが、こうもあっさり教えていいのだろうか。王家の国家機密を知るだけでも荷が重いのに、隠し通路まで知らされたら、簡単にはジェラルドのもとから逃げられないのではないか。

――共犯者の気分だわ……。

ラララローズはひっそりと息を吐き、ジェラルドの後を追う。

中は暗いが、ジェラルドは慣れた手つきで扉付近に置いてあったランプをつけた。

長くはない通路を抜けると、扉が現れる。それは、彼が軽く押しただけで簡単に開いた。

――埃っぽさやかび臭さがない……定期的に掃除がされているのだわ。

空気も循環しているのだろう。どこかに窓や通気口があるのかもしれない。

国王の私室と比べたら随分小ぢんまりしているが、それなりに広い。いくつかオイルランプをつけると全貌が露わになった。

「ここは、書庫……ですか？」

壁一面に設置された本棚に、無数の本が差してある。中には見慣れない言語の題名のものもあった。

——随分年季が入ってるみたい。なんの本なんだろう？

座り心地のよさそうな天鵞絨《ビロード》張りのひとり用の椅子も置かれている。床にもラグが敷いてあり、秘密の書斎のようにも見えてきた。

「もしかしてこの部屋は、歴代の国王陛下の書斎ですか？」

「ああ、誰にも邪魔をされない秘密の小部屋だな。元々は隠し通路の途中の空間のひとつだったようだが」

ジェラルドが革表紙の本を一冊手に取り、パラパラとめくりだす。それをラローズに手渡した。

「これは？」

「呪いに関する記述だ」

つるりとした革の表紙は触り心地がよくて手に馴染む。だがその内容は山羊や牛などの家畜を使った呪法や人体の内臓が描かれていて、まったく馴染み深くないものだった。

予想外の恐ろしい内容を見て、ラローズはパンッ！　と勢いよく本を閉じる。

「な、なんですかこれ！」

「言っただろう、呪いに関する記述だと」

「イングリッドがかけた呪いについてではないんですか？」

「お前、お気楽な頭をしてるんだな。目的のものがここにあれば苦労はしていない。どこに糸口があるかわからないからこんな怪しげな本まで蒐集《しゅうしゅう》しているんだろう」

ジェラルドに鼻で笑われた。その目は、残念な脳みそをしているな、と言っている。

ララローズはそっと視線を逸らした。しかしそんな呪いの本など持っているだけで恐ろしい。ジェラルドに押し付けるように返す。

――でもそうか、この本たちは国王陛下たちが少しでも手掛かりを見つけるために集めてきたものなんだわ。ヴェスビアスだけじゃなく、異国のものまで。

彼らは一体何年もの間探し続けてきたのだろう。何代にもわたってここに蔵書が増えていったことを思うと、ララローズの胸はズキンと痛んだ。

「……ここに集められた本から、呪いを解く手掛かりになるものは見つかったんですか？」

先代国王たちが集めた情報をもとにジェラルドは解呪方法の仮説を立てたのだろう。

「直接的な手掛かりは見つかっていない。本物の魔女が書いたものが混ざっていれば別だろうが、ほとんどのものは怪しげな眉唾《まゆつば》物だ。だがそれなりに情報は集まったんだろう」

「陛下も目を通されたのですか？」

「通しはしたが役に立ったものはない。俺には不要なものだな」

だがそれはジェラルドにとってであり、ララローズが読めばまた違う視点からなにか掴めるかもしれない。

——でも中身が怖すぎるし、できれば読みたくない……。

そもそも呪いに関する知識が足りないのだから、これらが本当か嘘かなどララローズでは判断ができないだろう。

悩みつつぐるりと見回すと、一冊の冊子がテーブルの上に置かれていた。まだ比較的新しそうだ。何気なく手に取り、ジェラルドに閲覧の許可をもらう。

「陛下、これは？　中身を拝見してもよろしいですか」

すると、ジェラルドは目を細めてその冊子を睨み、サッと視線を逸らす。

「かまわん。それは先代国王が書いた手記だ」

「先代国王陛下の手記……」

そんな大事なものを読むのは気が引ける。気軽に読んでもいいか訊くべきではなかった。

「……では遠慮しておきます。私が見ていいものだとは思えないので」

「まあ、読んでも胸糞《むなくそ》悪くなるだけだ。……なにも持って帰らんのなら戻るぞ」

父親の手記を胸糞悪いなどと評したことに違和感を覚えつつも、ララローズは曖昧に頷いた。だが、戻ると言ったジェラルドの後を追いかけようとし、なにかに躓いてしまう。

「きゃ……っ」

重心が傾き、転びそうになった身体が抱き留められる。硬く逞しい肉体とぶつかった衝撃の後に、鼻腔をくすぐるほのかな香り。

――腰に腕が……！

ジェラルドの腕が腰に回っている。抱きしめられているわけではないのに、ララローズの心臓がドキッと高鳴った。それが緊張から来ているのか冷静に判断することができない。

「鈍《どん》くさいな」

ジェラルドの声が届き、ハッと我に返った。

「あ、ありがとうございました……」

「足元、気を付けろよ」

言い方はそっけないのに、気遣っているようにも聞こえ、ララローズの顔にかっと熱が集まった。

隠し扉が閉まる直前、ララローズは部屋を振り返る。ランプが消された室内は暗い。

ドクドクと速まった鼓動が冷静さを取り戻す。顔の熱もスッと下がるのを感じていた。

解呪の手掛かりになる情報は得られなかったが、あの部屋に入ったことでララローズの気持ちは一層重く引き締まった。

――あの文献を陛下は全部読んでいる。でないと役に立たないだなんて言えないはずだわ……一体何年かけて読んだのかしら。それに先代国王の手記を読むとき、どれほどの覚悟で読まれたのかしら……。

知れば知るほど罪悪感に似た苦しい気持ちが増していく。

やはり、これからの人生を後悔して生きることがないように、ララローズにできることを精一杯やるしかない。とはいえ今できることと言えば母親からの返事を待つことだけだ。そしてそれも、もし、なにも知らないと書かれていたら振り出しに戻ってしまう。

——おばあ様に会いに行くことも検討しなくちゃ。

イングリッドの実の娘、アネモネは七十歳を過ぎているがまだ健在だ。王都やコルネリウス領とは離れた東の海沿いの街にひとりで暮らしている。カモメが舞い海の幸が豊富に獲れる豊かな土地だ。

だがララローズは、アネモネが不思議な術を使うだなんて聞いたことがないし、使ったところも見たことがない。あまり役に立つ情報は得られないかもしれない。

そんなことを考えているうちに、二人は寝室に戻ってきた。

長椅子に座った彼は疲労の滲んだ顔をしている。水差しを用意し、なにか飲みたいものはないか尋ねた。

「ワインセラーにワインがある。適当に持ってきてくれ」

「かしこまりました」

執務室の奥の一画にはワインが保管されている。城にはきちんとしたワインセラーもあるが、ジェラルドの私室にあるワインは彼が好む産地の特別なものだ。こうしてひとりでいつでも飲めるように、常に数本を保管していると聞いていた。

ララローズはワインの銘柄や産地などは詳しくないが、お酒は好きだ。

迷ったが、グラスをふたつ手に取った。ジェラルドがひとりで飲むのを観察していても構わないのだが、それだと彼が気兼ねなく飲めないだろうし――いや、彼は気兼ねなく飲むかもしれない――とはいえ、ひとりで一本飲ませるのは身体に悪い。

グラスをふたつ持ち帰ってきたララローズを見て、ジェラルドは器用に片眉を上げた。

「主人と一緒に飲むつもりか？　図々しい侍女だな」

「陛下のお手伝いをさせていただくだけですわ。一本飲み干すのはお身体に障りますし」

ジェラルドがどの程度酒に強いかは知らないが、弱いということはないだろう。

ヴェスビアス国は男女ともに十七で成人を迎える。王族ともなれば酒を覚えるのはもう少し早い。外交の席では、酒を嗜みながら相手からより多くの情報を引き出す交渉術が必要になるからだ。

理性を保ちつつ酒を飲む習慣はあるだろうが、それは公務での話だ。素の彼がどうなるのか、少しワクワクしながらグラスにワインを注ぐ。

――お酒が入った方が、口が軽くなる殿方が多いし。喋りやすくなるかもしれない。

そんな期待を込めて、ジェラルドにグラスを差し出した。

彼はワイングラスを持ちあげ、片手でゆっくりと回しながら香りを堪能している。

ララローズもお咎めがなかったので自身のグラスにもワインを注いだ。気持ち少な目にしておいたのは、遠慮する気持ちが残っているからだ。

勧められるのを待たず、ララローズはジェラルドの向かい側の長椅子に腰を下ろす。彼に対して敬う気持ちと、容赦のない恐ろしさを感じてはいるが、肌を重ねたからだろうか、二人きりの空気は適度な距離感を保ちつつも、どことなく近く感じられた。

――些細なことで怒る人ではないと思っているからかしら。

でも失言には気を付けよう。そう思いながら、ワインを一口味わった。味の深みと芳醇な香りが口いっぱいに感じられて目を丸くする。

「おいしい……」

ジェラルドは無言でララローズを観察し、グラスのワインを呷《あお》る。

そんな彼をちらりと見てから、ララローズももう一口ワインを呑んだ。

「……それで？　俺を酔わせてなにが聞きたい」

ジェラルドのグラスがすぐ空になる。

ふたたびワインをグラスに半分ほど注ぎながら、頭を回転させる。

訊きたいことを順序だてて聞くために書き出しておけばよかったが、手元にはなにもない。ララローズはまず、先代国王の末路について尋ねることにした。

「……差し支えなければ陛下の父君について、お訊きしてもいいですか？　先ほど先代国王の手記は……読んでも気分が悪くなるだけとおっしゃっていましたが」

さすがに胸糞悪いとは言いづらい。

先代国王は十一年前に逝去《せいきょ》している。ジェラルドとの間に確執がありそうだとはわかっているが、呪いが影響しているのなら訊かずにはいられない。

ワイングラスを片手に持ったまま、ジェラルドはなにか思案しているようだった。金色の目がわずかに伏せられている。無表情で黙られると居心地が悪いが、怒っているわけではなさそうだ。

冷静に観察しつつ、ララローズは心の中でしみじみ思う。

――文句なしに顔がいい……。

冷酷で恐ろしい男だとわかっているのに、ジェラルドの顔立ちは整っている。はじめて会ったときも端整な顔立ちだと思った。眉間の皺が刻まれていると険しさが際立つが、それさえも色香に変換されてしまうほど。画家に、ワイングラスを片手に黙り込んでいる姿を描かせたら、飛ぶように売れるだろう。

機嫌を損ねていないか内心ドキドキしつつジェラルドの返答を待つ間、ララローズが遠慮なく彼の表情を観察していると、しばらくして薄めの唇がゆっくりと開く。

「先代国王は若くして妃を娶った。貴族や平民の婚姻年齢は成人になる十七からと定められているが、王族は別だ。わずか十四で三つ上の貴族の娘を妃に迎え、十五のときに俺が生まれた。代々短命の家系だから早く世継ぎを作らせるというのは、理解できなくもない。

だがその後は子に恵まれず、王妃は少しずつ心を病んでいった」

淡々と紡がれるのはジェラルドの家族の話なのに、どことなく他人について語っているようだ。ジェラルドは父親を先代国王としか呼ばない。母親についても王妃と呼んでいることに、ラララローズは小さな違和感を抱く。

「呪いの模様が首を一周したのは、先代国王が三十に差しかかるときだった。命の灯が残りわずかだろうと思われたとき、国王の記憶から王妃が消えた」

「消えた……？　それはどんな……」

「わからん。その現場を見ていないのでな。だが、王妃に向かって、『お前は誰だ？』と言ったそうだ。愛する夫から自分の記憶が消えたと知った女は、一体どんな行動をとると思う？」

突然問いかけられて、ラララローズは考え込んだ。

事前に夫の記憶から妻に関するものだけが失われる可能性を知っていれば、冷静に対処することもできるだろう。

だが先代の国王夫妻はどれだけ呪いのことを把握していたかわからない。王妃がどれほど深く国王を愛していたかも。

「想像がつきませんが、相手の拒絶具合によるかと……。私だったら本当に忘れてしまったのかと冷静に問いかけて……いえ、待って、わからない。本当に冷静になれるかしら。

愛する人から拒絶されたら、どれほどの絶望を味わうんだろう……」

呆然としてまず声が出ないかもしれない。周囲に人が集まるのを阻止して騒ぎを静めようとするかもしれない。だが王妃が恐慌状態に陥り、騒ぎ立ててしまえば落ち着かせることは難しい。

――先代王妃はどのような人物だったっけ？

この国の伯爵家の令嬢で、美しくて賢く、高い教養を持った女性だったと言われている。幼い頃から王妃となることを定められた令嬢だったため、早くに王妃教育を受けていたとも。

そのような女性はきっと感情より理性を優先させるだろう。

しかし第一子を産んだ後は子供に恵まれず、少しずつ心を病んでいったとなると、どのような行動をとるか見当もつかない。

考え込むラランーズに、ジェラルドは淡々と事実を紡いでいく。

「王妃は王を刺殺した。その短剣は、代々王妃に贈られるものだ。自分の身を守る剣で夫を殺し、後を追うように自らも命を絶った」

「え……っ！」

最悪な末路だ。想像もしていなかった結果を聞き、ラランーズは息を呑んだ。

理性的な女性だと勝手に考えていたが、激情に流される人だったらしい。

——王妃もイングリッドも、私たちの関係者には苛烈な女性が多いわ……。

自分を捨てた男を呪ったイングリッドと、自分を忘れた男を殺した王妃。二人には共通点がありそうだが、先代国王夫妻の悲劇は、元を辿ればイングリッドが原因だ。王妃が王を刺殺したとしても、彼らはイングリッドの被害者。結局のところ、イングリッドがすべて悪い。

——……一体何人の人生を狂わせたの、イングリッドは……。

ジェラルドにかける言葉が見つからない。両親をそのような形で亡くしたとなれば、ジェラルドがイングリッドの子孫であるラローズを憎むのは当然だ。

それに、王妃が亡くなったのは彼が十四歳の頃だ。そんな思春期に女の身の内にある激しい情を垣間見たとなれば、女性そのものに恐怖を感じたり嫌悪してしまうのではないか。彼が周囲に女性を置かず、すべて身の回りのことを自分自身でこなしていたことを考えると、その可能性が高そうだ。

「……あの、でも、王妃様は本当に国王陛下を刺したのでしょうか。もしかしたら賊が入った可能性も……。誰かその現場を目撃していたのですか？」

もしかしたら、なにかの陰謀に巻き込まれた可能性もある。そう思い尋ねるが、ジェラルドは無表情で言う。

「寝室に突入したときは王妃が国王を刺殺した後だった。返り血を浴びた王妃が壊れたような笑顔で、お前は誰だと夫に言われたと告げた。血まみれの国王の身体を抱きしめながら首を掻っ切るまで、誰も動けなかった」

「……まるで陛下も見たような言い方ですね」

「その部屋に一番に突入したのは俺だからな」

ジェラルドの視線がこの部屋の扉に向けられた。過去を思い出しているかのようなその目がラララローズの背筋をぞくっとさせる。

ここが歴代の国王の寝室ならば、その惨劇はまさしくこの部屋で起こったことなのでは……と。

「まさか、この部屋で……？」

ラララローズの手に汗が浮かんだ。冷たい汗をスカートで拭う。

ジェラルドは肩を竦《すく》ませ「寝台は替えている」と答えた。

「っ……！」

思わず息を呑んだ。毎日掃除をしているので綺麗に清められているが、精神的にひやりとする。長い歴史のある城だから人が死ぬことなど珍しくないが、生々しい話を聞いた後では平然と寝られる気がしない。

そのような事件があったのに何故彼はこんなに平然とこの部屋を使えるのか……ジェラルドの神経は一体どうなっているのか心配になる。

——ご両親の死を目の当たりにした部屋で安眠なんてできるとは思えないんだけど……。家具を替えたら問題ないなんて、そういうもの？　でも記憶はずっと残るでしょう？

ララローズはジェラルドのグラスにふたたびワインを注いだ。ついでに自分のグラスにも注ぐ。

悲惨な記憶を喋らせてしまった罪悪感がひたひたと襲ってきた。ジェラルドの表情からはなにも読み取れないが、十数年経過しても積極的に話したい内容ではないだろう。

——知っておくべきことだと思ったけれど、心の傷を抉ってしまったのでは……。

ひんやりと冷たくなった手でグラスを持ち、ワインをゴクリと嚥下《えんげ》した。しかし気分が晴れることはない。なんとか話題を変えようと考える。

「陛下が周囲に女性を置かない理由は、女性がお嫌いだからですか？」

焦るあまり、また余計なことを訊いてしまったかもしれない。機嫌を損ねていないか表情を窺うが、ジェラルドはわずかに眉を動かしただけだった。

「女など邪魔なだけだ。厄介ごとしか運んでこない」

「……」

厄介ごとには確実に自分も含まれているのだろう。ララローズは口を閉ざす。

呪いが解けても結婚はしないつもりなのだろうか。彼は自分の将来をどんなふうに見ているのだろう。

——彼のことを聞けば聞くほど、申し訳ない気持ちになってくるわ……。

ラララーズには滅多に口にできないワインだというのに、先ほどからまったく味が感じられない。ただ間をもたせるための道具として、ワインをちびちびと飲んでいる。それもそろそろグラスが空になろうとしていた。ワインボトルも先ほどジェラルドに注いだもので空になっている。

——どうしよう、こうして二人きりの夜を過ごすのってあの日以来だわ……。

ラララーズが地下牢から出されて純潔を失った夜以降、ジェラルドはラララーズの就寝前に姿を現したことがない。夜中に隣で寝ていたことはあっても、朝になるとふたたび姿を消している。

就寝前の時間に二人きりで話した後はどうやって過ごしたらいいのだろう。このまま何事もなく眠ることができるのだろうか。

彼の話を聞いて、ラララーズは謝りたい気持ちでいっぱいになっていた。だが、彼に謝るのも違う気がする。謝れば少し心が軽くなると思うのはきっとずるいことだ。謝ったとしても、彼の機嫌を損ねるだけだろう。

まとまらない頭でぐるぐると考えていると、ワインの酔いが少しずつ回ってきた。気持ちの制御ができなくなって、目頭が熱くなってくる。

——私になにができるんだろう……。

同情や責任感だけではない感情が込みあげてくる。その気持ちに名前を見つけることはまだ難しい。

ジェラルドに声をかけたくてもなにを言ったらいいかわからない。もう就寝時間だ。このままもう寝ようと提案しても、果たして睡魔はやってくるのだろうか。

「なにを考えている？」

静かな声がラララーズの鼓膜を震わせた。

俯いていた顔を上げる。ジェラルドはまっすぐラララーズを見つめていた。

「お前が訊きたいことには全部答えたぞ。それでお前はなにを思う？　同情か？　憐憫か？　それともイングリッドのしでかしたことは自分には無関係だと再認識したか？」

「……っ」

鋭い言葉の刃が突き刺さる。ララローズの喉がひくりと引きつり、彼女はふたたび視線を逸らした。

重い。彼の過去など聞かなければよかった。彼の両親の死が祖先のせいだとはっきり突きつけられて、ララローズはその罪の重さに押し潰されそうになっていた。

「私は……」

「視線を逸らすな。言いたいことは俺の目を見てはっきり言え」

命じることに慣れた強い口調に逆らえるはずがない。

ラララローズは伏せていた顔を上げた。ジェラルドの眼差しは人を射殺しそうなほど厳しくて恐ろしいけれど、きちんと耳を傾けてくれる。自分の意思を押し付けるだけなら、ラララローズの意見を聞く必要などないだろう。

先ほどからずっと胸の奥が苦しい。他人事だと思うことなど到底できず、どうしたらいいのかわからないでいる。心が出口の見えない迷路に迷い込んだかのようだ。

意識的に息を吐き、お腹の奥にぐっと力を込めた。

「私は、正直気持ちの整理がついていないです。知れば知るほどイングリッドの呪いが不幸の連鎖を生み出していて、私にはどうしたら償いになるのかもわからない。でも身体を繋げても呪いが解けなかったのなら、私にできることなんて他にないんじゃないかって……」

己の利用価値はこの身に流れる血だけ。だがそれも有効な活用方法を知らなければなんにもならない。

せめて魔女としての知識があればよかった。なにも知らず平穏に育ってきたために、今目の前で苦しむ人を救うことができない。無責任と言うならラララローズの母も祖母も同罪だ。彼女たちは恐らくイングリッドの罪を知っていながら無関係を貫いてきたのだから。

――だからと言っておばあ様もお母様も責めることなんてできない……。彼女たちも魔女ではなく、人間として暮らしていたんだもの。

少しばかり植物や花を綺麗に咲かせられて、天気を読める特技があるくらいだ。その些細な特技は魔女の血筋によるものだと言われたら、そうなるのかも、とも思うが、大した役にも立たない。

――なにをしたらいいかもわからないけれど、王家だけでなく私も、早くイングリッドの呪いから解放されたい。

酔いが回った頭ではきちんと整理できないが、ジェラルドを死なせたくない気持ちははっきりしている。

きゅっと下唇を強く噛み、潤みそうになる目を何度か瞬いてやり過ごす。ジェラルドに命じられたとおり、彼の視線をまっすぐ受け止めて、はっきり宣言した。

「私は逃げない。あなたからも逃げません。イングリッドの呪いの連鎖を断ち切って、私も陛下も自由に生きられるようにしたい」

「……そうか。ならば誓え。その身体も心も俺に差し出すとこの場で宣言しろ」

自分の心は見せないくせにラララローズにはよこせと命じてくるなんて。ひどい男だと思う。

――傲慢で冷酷で、哀しい人。

言葉で宣言することで一種の誓約が生まれる。人は忘れてしまいがちだが、一度放った言葉は取り返せない。昔、母のデイジーから言葉が持つ力を説明された記憶が蘇る。

──そうだわ、言葉には力があると子供の頃から言われていた。決して誰かを不幸にする言葉は言ってはいけないって。

口約束も誓約になる。この場で宣言したことは、ラランーズを一生縛り続けるだろう。

ラランーズは乾いた唇を舌で湿らせ、ゆっくりと唇を開く。

「私は陛下から逃げません」

「陛下じゃない、ジェラルドだ」

「……私は、ジェラルド様に身体も心も、あなたが望むように差し出します」

すると、ジェラルドの目が満足気に細められ、瞳の奥が熱を帯びた。口元がゆっくりと弧を描く。

彼がこの部屋でこんな微笑みを見せたのははじめてだ。ラランーズも静かに瞠目した。

冷笑でも含み笑いでもない微笑に心臓がドクンと大きく跳ねる。この心の変化がなんなのか、自分自身も説明できない。

「悪くない。だがそれだけでは誓いにならないな」

「え？」

「察しが悪い。誓いのキスを、お前からしろと言っている」

「……っ！」

ラランーズの頬が紅潮する。先ほどまでは泣く寸前まで青ざめていたのに、今は顔が熱い。

――もしかして私、からかわれてない!?

「どうした、早くしろ」

彼への同情心や罪悪感、恥ずかしさ、いろんな気持ちがないまぜになりつつも、ララローズは心を決める。

じっと見つめられながら立ち上がり、ジェラルドが座っている長椅子の隣に腰を下ろした。

自分から誰かにキスをしたことなどない。震えそうになる手でジェラルドの頬にそっと触れる。

「め、目を閉じてください……」

獰猛な獣のような目を間近で見つめる。澄んだ金色の瞳は宝石のように美しい。

瞼が閉じられたのを確認し、ララローズはゆっくりとジェラルドの唇に己のものを押し当てた。

柔らかな感触と温もりを感じたのと同時に、そっと繋がりを解き、恥ずかしくなってすぐに顔を伏せる。しかしどこか不満げな声が上から落ちてきた。

「それだけか?」

「え? ――ンッ!」

離れようとした瞬間、喰いつかれるような荒々しい口づけに襲われた。

呼吸すら奪いつくすような激しさに抗う術は持っていない。

「ッ……陛下……」

「黙ってろ」

激情に似た熱が唇から伝わってくる。

だが荒々しく感じたのは一瞬で、次第に甘さが伴い始めた。口では冷たいことを言うけれど、唇から伝わる熱が背筋を甘く痺れさせる。その熱は、縋られているかのような切なさも秘めていた。

まるで求められるようにジェラルドに腰をぐっと抱き寄せられ、身体がぴったり密着した状態で、ララローズは素直になれない獣の熱を受け止め続けていた。

第四章

ジェラルドから逃げないという誓いをしてからというもの、ララローズは毎夜ジェラルドの寝台に引きずり込まれていた。

避妊効果のある媚薬を使われたのは最初の夜だけで、その後は使われていない。その代わり別の避妊薬を渡され、毎朝飲むよう命じられていた。

強制的な快楽に翻弄されるばかりだった初日と違い、肌を重ねるごとにララローズの身体はジェラルドに与えられる熱を受け止めていく。

性急に服をはぎ取られ、強引に官能を刺激されても、異物の侵入を拒んでいた隘路は、今や痛みを感じることなくジェラルドの雄々しい欲望を咥《くわ》え込めるようになった。愛液が溢れ白い太ももを伝うことにも慣れてしまっていた。

身体がジェラルドによって作り替えられていく。彼の形を覚え、羞恥を感じる間もなく激情に流される。ララローズは抗えないほどの快楽に身をゆだねていた。

「あぁ……ッ」

獣のような激しい交わりにむせび泣く。

ラローズは四つん這いになり腰を高く上げた状態で、背後からジェラルドの劣情を受け止めていた。

「んぅ……ンアァ……ッ」

腰を摑まれ、秘すべきすべてを曝けだしている。腰の窪みを大きな手で撫でられるだけで、肌が粟立ち、中に咥え込んだ欲望の滾りをキュッと締め付けた。

「ッ……急に締めるな」

苦しげな声が艶っぽく響いた。

互いの呼吸は荒く、周囲には淫靡な熱気が籠もっている。

ジェラルドに触れられると、ララローズの愛液はシーツにシミを作るほど溢れてしまう。何故こんなに感じてしまうのかわからない。

他の男に触れられても同じように感じてしまうのだろうか。ジェラルドとしか経験したことがないため比べられないが、誰に抱かれてもはしたないほど感じてしまうのであれば、恥ずかしすぎる。

でも、誰でもいいから抱かれたいなどとは思わない。こんなに恥ずかしい格好をさせられ、すべてを曝けだせる相手は彼しかいない。

義務感だけで抱かれているのではないのだと思い知らされる。身体が彼を受け入れることに慣れてしまうと、心も身体に引っ張られそうだった。

「ララローズ……」

背後からジェラルドに名を呼ばれるだけで、雄々しい屹立をふたたびキュッと締め付けてしまう。耳元にかかる吐息が艶めかしくララローズの鼓膜を犯していた。

「あ……っ、へい、か……」

「まだだ」

最奥をグッと攻められると、目の前に星が散ったかのように視界がぶれた。

「アアァ……ッ」

身体を支えることが難しい。腰だけを高く上げたまま、ララローズは枕に顔を突っ伏した。

淫靡な水音と呼吸音、腰がぶつかる音が響く。

背後からのしかかられながら腰を強く打ちつけられて、どこにも逃れられない。わずかでも逃れようとすると、それを阻止するように、ジェラルドはララローズの腕を引っ張った。

「ンゥ……ッ、アア……ッ」

腰に腕を回され、背中が引き寄せられる。四つん這いになっていた身体はジェラルドに抱き寄せられて彼の上に座らされた。しっとりと汗ばんだ胸に背中が密着する。

先ほどとは体位が変わり、さらに奥へと熱い楔を受け入れる。もうこれ以上は入らないというところまで刺激され、ララローズは苦悶の声を上げた。

「ふか……い……ンンッ」

背中に流れる髪を避けられ、首筋が露わになる。ジェラルドの顔が首筋に埋まり、うっすら赤く色づく肌にきつく吸いつかれた。

「んぅ――っ！」

チクリとした痛みが走ると同時に、腰のあたりがずくんと疼く。

吸いつかれた肌はそのまま舌先でくすぐられ、同じ場所に歯が立てられ甘噛みされる。

「あぁ、ん……」

ジェラルドはララローズの身体に痕を残すのが好きらしい。鬱血痕だけでは物足りず、血が滲まない程度の歯型までつけることもある。だが厄介なのはその痛みすら気持ちよく感じ始めているララローズの身体だ。

――熱くてジンジンする……身体の奥から作り替えられちゃう……。

これ以上の快楽など知りたくない。怖いのに、浅ましくも本能がもっともっとと求めるのを止められない。

背後からギュッと抱きしめられると勘違いしそうになる。まるで彼が自分を求めていて、自分は大切にされているのではないかと思いそうになる。そんなことはあり得ないと、ララローズはそのたびに否定した。

腰を突き上げられ、身体が跳ねる。

抱きしめられているのではない、ジェラルドはただラローズの身体を支えているだけ。快楽を得るために。

ズンッ！　と最奥を衝撃が襲った。視界がチカチカ点滅し、軽い絶頂を味わう。

「ンアァ……ッ！　はげし、い……」

じわりとした涙が浮かぶ。生理的な涙なのか、はたまたラローズが感傷に浸っているだけなのか。理性は薄れ、ただ暴力的な快楽の波に攫われそうだ。

「気絶するには早い」

「ンアァッ」

胸の頂をキュッと摘まれた。反射的にジェラルドの雄を締め付けると、背後から艶めいた吐息が落とされる。

「っ……」

仕返しとばかりに、痕をつけられていない反対側の首筋を噛まれた。

「ン――ッ！」

獣の交尾のようだ。雌を噛んで発情を促しているかのよう。

快楽を覚えこまされたラローズの身体は、噛まれるたびにお腹の奥が強く収縮する。

どっぷりと蜜をこぼし、雄の精を搾り取ろうと子宮が疼きを訴える。

――今、彼はどんな顔をしているんだろう……。

甘やかな嬌声を上げながら、頭の片隅で考える。

ジェラルドの顔が見えないことが切ない。彼は毎晩、ララローズを背後から貫いてくる。決して表情を見せてこなければ、彼女の表情を窺うこともしない。

自分を見られることが嫌なのか、ララローズを直視したくないのか。あるいは両方か。

――わからない……彼がなにを考えているのか。

「もっと啼け……まだまだ耐えられるだろう」

「む、り……んぅ……っ」

ジェラルドはララローズの身体だけでなく心をよこせと言う。だが彼の心はどこにあるのだろう。

ララローズも、どうやって自分の心をあげたらいいのかわからない。こうして求められていても、淫らに感じている顔を見たくないほど彼に拒絶されているようにも感じていた。

――それなのに、私の身体には執拗に痕をつけてくる……毎晩、決して消えないように上書きして。

独占欲ではない、きっと嫌がらせだ。ララローズが正気に戻ったときも鏡に映る自分の姿を見て、彼と、彼の呪いを思い出すように。

考えれば考えるほど、ジェラルドの心の在処がわからなくて。胃のあたりがモヤモヤする。

出口の見えない迷路をいつまで彷徨えばいいのだろう。答えは一向に見つからない。

「あぁ……っ、もぅ、ダメ……」

腰を揺さぶられながら、強制的な高みへとのぼらされる。

「ク……ッ」

「アァァ……ッ」

ジェラルドが白濁を吐き出したのと同時に、ララローズの胎内に燻っていた熱がパンと弾けた。

熱い飛沫を受け止める。中に注がれることにも慣れてしまった。

身体を支えることができず、ぐったりとジェラルドの胸にもたれかかる。

ララローズが体重をかけても、鍛え上げられた体軀《たいく》はびくともしない。日中は政務をこなし、空いた時間で呪いを調べているらしいが、一体どこで身体を鍛えているのだろう。

ララローズの腰に腕を巻き付けたまま、ジェラルドは気だるげに息を吐いた。

「おい、まだ寝るなよ」

「……寝てないです」

連日の行為はララローズの体力を奪うが、慣れてきたのか、今では一度だけで意識が落

ちることもなくなった。

身体が繋がったままの状態で、ララローズは自分を抱える男をゆっくりと振り返る。目に意識を集中させると、目の奥がじんわりと熱くなった。魔女の目を使って視るのはジェラルドの呪いの模様――今夜も、彼の呪いは解けていない。

「消えていないな」

ジェラルドがララローズの太ももを撫でながら呟きを落とす。

不埒な手は肌の弾力を楽しむのをやめない。口では決して言わないが、ジェラルドはララローズの肉感的な太ももを気に入っているらしい。執拗に撫でられることにもとっくに慣れた。

荒い呼吸を意識的に整えながら、ララローズはぼんやりとした思考を働かせる。

――ただ抱かれるだけでダメなのなら、一体どうしたらこの模様は消えるの……。

この呪いに痛みがないことだけが救いだ。茨の蔓が伸びてもジェラルドは痛みなど感じないらしい。

おとぎ話の世界では、姫君のキスで呪いが解けることが多い。だがララローズはお姫様ではないし、もう清らかな身でもない。

純潔だったときのキスも効力はなかった。その後も何度もキスをしたけれど変化は訪れない。ララローズの心の問題だろうか。

――私がこの人に向ける感情が「愛」じゃないから？

それなら自分が今ジェラルドに向ける気持ちはなんなのだろう。

もう一度会えたらいいなと思っていた。けれどその願いは、恋とも呼べない淡いものだった。

今彼に感じているのは、胸の奥からわき上がる苦しみや、泣きたくなるような悲しみだ。ジェラルドを見ていると衝動的に手を伸ばしたくなる。そんな感情の昂りは一体なんと呼べばいいのだろう。

――恋と呼べるほどの甘さはないわ。愛かどうかもわからない。

ただはっきりしているのは、ララローズはもうジェラルドの手を放せないということだ。逃げないと誓ったからだけではない。彼の瞳の奥にやるせない感情の揺らぎを見つけてしまうと、たまらない気持ちにさせられるのだ。

このまま呪いが解けなければ、ジェラルドの寿命はあと五年もない。自分の寿命がわかっているなんて不安に決まっている。

彼の苛立ちの理由が理解できてしまうから、ララローズはその感情を受け止めたいと思っていた。本当の意味で彼の不安を理解できるのはララローズだけだろう。

「なにが足りない？　この呪いを解くには他になにがいる」

ジェラルドの屹立が抜かれると、膣に吐き出された白濁がくぷりと零れ落ちた。中から溢れる感覚にはいまだ慣れそうにない。ララローズが避妊薬を飲んでいる限り、ジェラルドの精が実ることはないが、ララローズはそれを切なく思っていた。

身体をくたりと横たわらせる。振り返ると、ジェラルドは汗に濡れた前髪を片手でかきあげていた。

ランプの明かりに照らされて、顔と身体に濃い陰影ができている。気だるげな雰囲気と相まって、彼から放たれる色香に目が離せなくなる。彫像のような美しさだが、彼にはちゃんと温もりがあることを知っている。この逞しい身体に抱かれたのだと思うと、下腹が物欲しそうにずくんと疼いた。

——違う、そんな浅ましいことなんて考えてない。

触れられないのが寂しいなど思いたくない。先ほどまで共有できていた体温が離れてしまったことを切なくなんて感じていない。ましてや抱きしめてほしいなどと。

自分自身に言い聞かせるように、ララローズは枕を抱き寄せた。

とても情事の後の甘やかな時間とは言いがたい。身体を繋げれば心も繋がるとは限らないのだ。

満たされることのない行為。すべてが終わると、ただただ虚《むな》しさが心に残る。

——私が幸せを感じていないから……？　抱かれる喜びを得られたら、なにかが変わるのかしら。

そんな考えが頭をよぎるが、すぐに打ち消した。

ジェラルドは恋人ではないし、彼が恋人になることはあり得ない。身分が違いすぎるし、そもそも、誰が憎んでいる女の子孫を好きになる？

身体から始まる関係で愛が芽生える人たちはきっと一握りだ。そしてララローズはジェラルドの愛を欲していない。

――私は陛下から愛を得られるとは思っていないわ。

けれど自分が渡せるものは渡してあげたい。そう感じる気持ちは一体なんなのだろう。

「いっそのことお前の血でも飲めばいいのか。魔女の血にはどんな効力がある？」

彼の独り言のような呟きにはっとする。

魔女の血が毒になるか薬になるか、試さない限りわからない。料理の不手際で指先を切ったとき、咄嗟に傷口を舐めたことがあったが、口内には鉄さびのような味が広がるだけで特に変わったことはなかったし、おいしくもなかった。

――吸血鬼じゃないもの、血がおいしいはずはないわ。

でも、ジェラルドにとっては違うかもしれない。

ララローズはまだ怠い身体を起こし、文机の引き出しからペーパーナイフを取り出した。迷うことなく、中指の腹にナイフの刃を食い込ませる。

スッと赤い線が引かれ、見る見るうちにぷっくりと赤い血が溢れ、指のつけ根に垂れていく。

寝台に戻ろうと振り返った瞬間、目の前に全裸のままのジェラルドが立っていた。そのあまりの近さに驚き、一歩後退《あとずさ》る。

「陛下……」

ジェラルドはラローズの手首を捕らえた。くっきりと眉間に皺を刻み、苛立ちを露わにした顔で血の垂れる指を凝視している。

その不機嫌な表情の意味はなんなのか、読み取ることは難しい。

「お前はいきなりなにをしている」

「……舐めてください。私の血を飲んでみたいんでしょう？」

思った以上に深く切ってしまったらしい。ジンジンとした痛みが込みあげてくる。

ジェラルドは大きく舌打ちし、ラローズの指先を口内に含んだ。

「ン……っ」

指先が肉厚の舌に舐められる。

くすぐったさだけではない、ざらざらした舌の感触が奇妙な心地にさせる。指先には細かい神経が集中しているのだろう。ジェラルドの舌使いをまざまざと感じてしまい、彼に摑まれている手がとても熱く思えた。

「不味い」

そう言われ、手を引き抜こうとするが、ジェラルドはラローズの手を解放しない。口では文句を言いながらも、傷口が癒えるように優しく舐めてくる。

ぴちゃぴちゃという唾液の音が鼓膜に届く。自分の指が舐められる様子を、息をひそめて見つめ続けた。

——食べられちゃいそう。私、こんなふうに、陛下とキスをしていたのかしら。

時折ちらりと見える赤い舌がララローズの興奮を呼び覚ます。先ほど達したはずなのに、ぞわぞわとしたなにかが身体の中で燻りだした。ついさっき放たれた精が太ももに垂れる感触も官能を呼び起こす。

ジェラルドが冷酷な男だと思う気持ちは捨てきれていない。だがふいに見せられる優しさがララローズの胸を抉る。

彼の男らしい手にすっぽりと手を握られると、非力な抵抗など無駄だと思わされる。頼もしさと恐ろしさを併せ持っている。この手で多くのものを守ってきたのだろう。しかしその反面、奪えるものもまた多い。

「……っ、もう、放して」

「まだだ」

不味いと言いつつ舐めるのをやめない。

ララローズの体内に熱がたまっていく。ぞくぞくとした震えはこの先の官能を期待しているのか、それともこれ以上近づくのはダメだと警告しているのか。

自分でもわからない気持ちに心が支配されていく。

――本当、ひどい男のままならよかったのに――。

これ以上ジェラルドの瞳を直視できなくて、ララローズはそっと目を伏せた。

◆ ◆ ◆

日が昇ると同時にララローズの意識は夢の世界から浮上した。

ララローズがジェラルドと過ごすようになってそろそろひと月が経つ。彼より早く目が覚めると、隣に眠るジェラルドの存在を確認するのが日課になっていた。

彼が規則的な呼吸を繰り返すのを見守り、そっと息を吐く。

今日も彼は死んでいない。

そのことを確認し、安堵するようになったのはいつ頃からだろう。

突然事故に遭ったり暗殺されない限り、彼の寿命はまだ残っている。だからこのまま目覚めないなんてことはないのに、どうしても気になってしまう。この世界に絶対大丈夫という言葉は存在しないからだ。

いまやララローズの生活はすっかりジェラルドを中心に回っていた。彼の寝顔を見て一日が始まり、おやすみなさいを言って一日が終わる。

この奇妙な同居生活がどれくらい続くのか、まだ見通しがついていない。国王の私室に侍女を住まわせるということ自体、喜ばしくないはずなのに、ほとんど監禁生活を送っているため誰からも苦情や嫌味を言われたりしていない。

国王補佐官のマティアスは、ララローズの立場を理解しているらしく、時折気遣うような言葉をくれる。魔女の子孫なんて疎まれても当然なのに、ララローズが悪いわけではないのだと理解してくれる人がいることは純粋にありがたかった。

だが当然ながら善良な人ばかりというわけではない。悪意に晒されたとき、ララローズは自分の身を守る術を持たない。少しでも交渉材料を持てるように、情報を得たいところだが、いまだに母親からの手紙は届いていなかった。

——どこかで紛失したってことでないといいんだけど……。

母親に手紙を出してから三週間近くが経過しようとしている。往復で十日ほどかかるとしても、もうそろそろ返事が届いてもいい頃だ。もしくは母も、なにか調べてくれているのかもしれないが。

「ん……」

ジェラルドが寝返りをうった。その端整な顔がララローズの方に向けられる。

眉間の皺が消えた安らいだ顔はとても貴重だ。こんな無防備な表情を眺められるのはきっとララローズだけだろう。

——最近はちゃんと睡眠がとれているようでよかったわ。

ララローズが連れてこられた当初、ジェラルドの睡眠時間の短さに驚いたものだ。短時間でも問題ないのかと思っていたが、単に睡眠障害を抱えていたらしい。補佐官であるマティアスにちゃんと眠るよう見張っていてほしいと言われるほどだった。

だが、毎夜のように肌を重ね始めてから、ジェラルドはこうして朝まで熟睡できている。就寝前の運動がいいのだろうか、と下品なことを思わなくもない。

血色もよくなり肌艶もいい。きちんと睡眠を得られているからか、効率のいい仕事ができて自由な時間も少しずつ増えている。とはいえ、その時間は魔術師の塔で過ごしているらしく、休めているとも言いがたいが。

——私はまだお会いしたことがないけれど、魔術師は陛下の現状をどう見ているのかしら。

ジェラルドには、呪いに関して相談している魔術師がいるらしい。彼が言うには、鍵となるのが魔女の子孫。それに間違いはないようだ。だが一向にジェラルドの呪いの模様は消える気配がなく、ララローズはじわじわと焦燥感《しょうそうかん》に苛《さいな》まれていた。

そのたびに、まだ時間は残っていると言い聞かせた。一日も早く解呪方法を見つけたいが、焦っても仕方がないこともあると。

だが、朝が来ると、ジェラルドの両親の話を思い出す。ララローズは、最愛の人に忘れられた王妃の絶望を少しずつ想像できるようになっていた。

もし、今日、目を開けたジェラルドから自分の記憶が消えてしまっていたらどうしよう。忘れられてしまうのが怖い。問答無用で殺される可能性ももちろんあるが、彼の心に自分がいないのだと思うと、寂しさが込みあげてくる。

——そんなこと考えるだけ無駄なのに。

イングリッドの呪いは、王の子孫の寿命を縮めることと、最愛の女性の記憶を奪うこと。ジェラルドがこの先記憶をなくすとしても、その対象が自分だと考えるのはおこがましい。

だが、こうして閨《ねや》を共にしているからか、時折錯覚してしまいそうになる。

本当は、ララローズはジェラルドにとって特別な女性なのではないか、毎晩激しく情を交わすのも、仕方なくではなく少しは好意を持っているからではないかと。

ジェラルドから本心を聞けたことは一度もない。ララローズをどう思っているのかと尋ねたところで、呪いを解く道具だとしか返ってこないだろう。呪いが解け、自由になれた暁には、きっと二度と顔を見たくないと言うに違いない。

——そうしたら、お城を出て……おばあ様が住む海沿いの街にでも行こうかな。

コルネリウス領に戻ってもきっと実家に迷惑がかかる。胸の奥の棘を抱えたまま、結婚相手を探す気にもなれない。

ララローズはむき出しの肩まで羽毛布団《デュベ》を引き上げる。胸に刺さった棘の正体にはもう気づいていた。

――いつの間にか、好きになってしまっていたんだわ……。

自分ができることがあれば協力したい、体液や血だって提供する。その気持ちが義務感や責任感だけではないと、とっくにわかっていた。

ララローズは自分がしたいようにしか動かない。はじめは脅しがきっかけでも、自ら進んでジェラルドの傍にいることを選んでいる。

ジェラルドに生きていてほしい。彼が制御できない苛立ちや激情を全部受け止めてあげたい。時折諦めたように遠い目をして瞳が揺れるのに気づくと、切なさが込みあげる。

いっそ泣いてしまえばいいのに。お互い苦しい気持ちを吐き出して、心の思うままに抱き合えたらいい。

だがララローズもジェラルドも、決して人前で弱みを見せたりしない。ジェラルドの前で泣いたって、きっと彼は苛立ちを募らせるだけだ。

彼もララローズに不安を打ち明けられるほど信頼はしていないだろう。

――苦しいな……。苦くて切ない。実らない恋心なんて抱くものじゃないんだわ。

はじめて恋を自覚したのに、失恋が確定している。自覚しない方がよかったのかもしれない。

余計な感情を捨てることができたらどれだけ楽だろうか。けれどそれは、自分の心を否定することになる。これまで築き上げてきた二人の時間をなかったことにはしたくない。

——自分に嘘はつきたくないわ。自分の心に嘘をつき続けるのは苦しいだけだもの。

ジェラルドの呪いが解けたら、彼は身分の釣り合う令嬢か、他国の王女を妃に迎えるだろう。

彼が自由になればララローズの存在は邪魔になる。呪いが解けず、三十歳で死を迎えても、ララローズだけ平穏な暮らしを送るということはできないだろう。

「……っ」

ぶるりと全身に悪寒が走った。五年後、彼がこの世界にいないと考えただけで身体が氷のように冷たくなる。

そんな未来は絶対に避けなくてはいけない。生きる道だけを模索して、最悪の事態など頭から消すべきだ。

ギュッと瞼を閉じたのと同時に、ジェラルドが覚醒《かくせい》した気配を感じる。

ララローズもゆっくりと身体を起こし、彼の様子を窺いながら名前を呼んだ。

「……おはようございます、ジェラルド様」

二人きりのとき、ジェラルドは名前で呼ぶことを強要する。理由はわからないが、国王ではなく個人として接してほしいということなのだろう。ララローズは陛下呼びをやめて、いつしかジェラルドの名前で朝の挨拶をするようになっていた。

ジェラルドの焦点がラララローズに合う。金色の目はまだ完全には目覚めていないようだが、ラララローズをはっきりと認識していた。

「……ラララローズ、今何時だ」

「はい、ちょうど六時を少し過ぎた頃です。朝食にはまだ時間がありますが、いかがなさいますか？」

「ああ……、汗を流す」

「かしこまりました。湯浴みの準備をしてまいります」

情事の後、汗を拭かずにそのまま眠っていたのだ。こうして早めに起きて身体を清めるのが日課となっている。

ラララローズはバスローブに袖を通し、浴室に向かう。その後ろを全裸のジェラルドが追ってきた。

「湯は溜めなくていい」

「そうですか、では私は……」

「お前も一緒に入るんだ」

結びを解かれ、バスローブが床に落ちた。背後から腹部に腕が回ると、流れるように浴室に連れ込まれる。一瞬、抱きしめられたような気がして、心臓がドキッと跳ねた。だがすぐに気のせいだと言い聞かせ、チクッとした痛みを覚える。

心の動きが忙しない。振り回されないよう平常心を保とうと意識する。

最近は毎朝、ジェラルドと共に汗を流すのが日課となっていた。

彼の広い背中を洗いながら、ララローズは小さく安堵の息を吐く。

——今朝も、私の記憶は消えていなかった。

いつも通り朝の挨拶ができることがどれだけララローズを安心させるのか、彼はきっと気づいていない。

だがそれは同時に、彼が自分を愛していないことの証でもある。

ララローズは複雑な気持ちを抱きながらも、忘れられるくらいなら、愛されない方がいいと考え始めていた。

第五章

朝議の時間、ジェラルドが向かった先は城の奥深くに作られた一室だった。

そこは限られた人間しか入室を許可されていない特別な部屋だ。重厚な扉は常に閉ざされていて、国王ですら滅多なことでもない限り足を踏み入れない。

そんな部屋に呼び出しを受けたジェラルドは不機嫌極まりなかった。無益な議会など時間の無駄でしかない。

普段は実用的で最低限の装飾品しか身に着けないが、今は他国の外交官との謁見の際と同じくらい着飾った正装姿だ。

金色の髪が映える黒い上衣は、髪の色と同じ金色で精緻《せいち》な刺繍が施されている。全身を黒と金で固めた姿で、ジェラルドは衛兵が守る重厚な扉の内部に入った。

壁には歴代国王の肖像画が飾られ、値段のつかない美術品が室内を彩っている。緋色の絨毯も過度な美術品も、そして外交でもないのに正装を求められる議会もジェラルドにとっては鬱陶しいものだ。

「おお、国王陛下のお出ましだ」

しゃがれた老人の声が響く。

楕円のテーブルには、すでに参加者が揃っていた。

その場にいるのは七名の国の重鎮と、ジェラルドの補佐官のマティアス、宰相のラウル、そして、ぐるりと室内を見回すと、魔術師のギュスターヴが陰にひっそり佇んでいた。

――何故あいつまでここにいる？

自分たち以外でこの場にいるのは元老院だけのはず。ジェラルドは今、元老院の議会に呼び出されていたのだった。

「さあ、席についたら始めますぞ」

古参の重鎮のひとりが進行を始める。元老院はジェラルドの祖父ほどの年齢の男たちばかりだ。彼らはかつてジェラルドの祖父の代に大臣を務め、その後もジェラルドの父を支え続けた。

王家の直系の男子が短命の呪いにかかっていることを知る数少ない者たちである。

そこでおもむろに、ラウルの祖父でありこの中で一番年長のロドルフが口を開いた。

「陛下からの経過報告がなかなかないため、やきもきしていましたぞ。年寄りは気が短いということを理解していただかなくては」

「気が短い？　それは俺も同じだ」

王の席に腰を下ろし、代わり映えのしない顔を見回す。すでに七十を超えている老人たちだが、ジェラルドが死んだあとも、のうのうと生きていそうな者ばかりだ。彼らは腹の内は決して見せず、一線を退いているにもかかわらず、こうして国王への発言権をいまだに維持し続けている。

ジェラルドは、この元老院の者たちとのやり取りを煩わしく感じていた。彼らの関心事はもっぱらジェラルドの後継についてだからだ。だがそれでも、彼らは国を陰ながら支えてきた重鎮たちであり、貴族の当主を務めた男たちでもあるため邪険にはできず、こうして嫌々ながらも呼び出しに応じるしかない。

イングリッドの呪いを知る数少ない元老院たちは、ジェラルドに再三妃を娶るよう提言してきたが、次第にジェラルドが亡くなった後の話をするようになっていた。

彼らは、呪いを解くために最善を尽くすようギュスターヴに命じたその口で、次代の国王について話し始める。いつも笑顔のラウルもこの場ばかりは表情を消して黙り込んでいる。ジェラルドはうんざりはしているものの、もう慣れた。

ただ気が滅入るだけの話し合いは生産性がまったく感じられない。なんの進展もない老人の暇つぶしに呼び出され、ジェラルドは心底無駄だと思っている。だが彼らに不審な動向がないかを知るためには参加しておいた方がいい。無益な中にもわずかに役立つ情報が時折混ざるのだ。

――さて、今日はなにを言ってくるか……十中八九ラララローズのことだろうが。

この場にいる誰もが、ジェラルドの呪いが解けるとは信じていない。

彼らは二代続けて王の直系の男子が呪いのとおりに亡くなっているのを目の当たりにしている。諦めてしまう気持ちも理解できるが、ジェラルドの模索に対し、足掻いても無駄だと嘲笑っていることが腹立たしい。

彼らは口々にジェラルドに問いかける。

「陛下が今日もお元気そうでなにより。ですが肝心の解呪は、うまくいっておりますかな？」

「魔女を飼い始めていかほどですかな。王家を呪った忌々しい魔女の子孫を傍に置くとは」

「陛下が魔女に騙されていらっしゃるのではないかと、我らは気が気でなかったですぞ」

「このまま国まで魔女に乗っ取られでもしないか、私は国の行く末が不安でなりませぬ」

そう言いつつも、まったく心配そうな顔をしていない。

年相応に皺の刻まれた顔をしているが、鋭さを帯びた目の力はいまだに衰えていない。足をすくえるものならすくってやろうという気概さえ感じられる。

敵か味方か……いや、この場にいる七名の老人たちはジェラルドにとっては敵だとしても、国にとっては味方なのだろう。

「俺が魔女に惑わされるとでも？　随分と見くびられたものだな」

目の前に出された紅茶に手を伸ばす。この場で毒を盛るような大胆なことはしないだろうが、念のため銀の匙《さじ》でゆっくりと砂糖を溶かす。

くるくると回し、なんの変化もない銀の匙をソーサーに置いた。

「魔女に魅了の魔術を使われれば、陛下とて惑わされても仕方がない。だが、魔女を支配できぬのであれば早々に葬った方がよろしいでしょう」

屈強な体軀の老人が過激な発言をする。若かりし頃は騎士団を率いていた男だ。

「だが、殺そうとして、ふたたび呪いをかけられたらどうする。魔女の報復を侮ったらエルンスト陛下の二の舞だぞ」

ロドルフがそう反論した。彼はこの議会の中で国王に次いで発言権が強い。

「ラウル、お前はこのたびの魔女をどう見る？」

祖父から発言を許されたラウルは冷静に答える。

「魔女殿は献身的に陛下に尽くしておられます。現在は陛下の侍女として身の回りの世話や雑用を引き受け、陛下の無茶な要求にも応えておられる。先祖の犯した罪を重く受け止め、彼女なりになにができるのか、模索されているように見受けられます」

「それこそが魔女の策かもしれないだろう。有害な毒婦が無害に見せかけることは十分あり得る」

元騎士団長の男が油断ならぬと言いだした。

――それはお前たちの方だろう。

魔女だけではない、いやむしろ、この王宮では誰しも腹の奥を探られぬよう、一見人畜無害に見せかけている。

元老院の者たちは魔女の扱いに対して過激派と中立派に意見が分かれている。ラウルの祖父であるロドルフは中立派であるが、決して温厚ではない。孫の発言を黙って聞きつつも、返事はせずひとつ頷いただけだった。

彼らはジェラルドに意見を求めることなく、ラローズの処遇を勝手に語りだす。

侍女として国王の傍に置いておくなど危険極まりない、地下牢に監禁するべきだと言う者もいれば、逆恨みをされた魔女の報復を考えるべきだと言う者もいる。

彼女を傍で見ているラウルの意見などなかったことになっている。

――くだらん争いだ。基本、他の者の話を聞かず、自分の意見しか言わないから議論は平行線のまま。頑固な老人は憐れだな。

だが、このままではラローズの身が危ない。彼女とコルネリウス家を害さないという約束はいまだ有効だ。

「もしや陛下は、魔女との間に世継ぎをもうけるおつもりではあるまいな？」

奇異な者を見るかのような目と下衆な勘ぐりに、ジェラルドの頭に血が上る。

「呪いが解けようが解けまいが、俺は誰とも結婚しない。子供も作るつもりはない。ヴェスビアス王家は俺の代で最後だと何度も言っているだろう。魔女の処遇についても、お前たちの意見は必要ない。あいつを殺すときは俺が殺す。手出しは無用だ」

もうこれ以上この場にいるのは時間の無駄だ。

ジェラルドは席を立ち、出口へと向かう。その後ろをラウルとマティアスが続く。

「陛下。我らはあなたに生きていてほしいと思う気持ちに変わりはありませんぞ」

ロドルフが諭《さと》すようにジェラルドの背に語りかけた。その言葉に返事をすることなく、ジェラルドは部屋を去った。

◆　◆　◆

ジェラルドと過ごし始めて一か月が経った頃、ラローズの行動制限が少し緩和されるようになった。今まで、ジェラルドの部屋の外に出ることはほとんど許されなかったが、脱走しないと判断されたのだろう。城内の限られた場所と、中庭には出られるようになった。

城の中庭は、広大であるにもかかわらず、きちんと管理が行き届いている。城の使用人が滅多に近寄らない場所もあり、中でも王族が散策する一画は許可なく立ち入ることを禁じられていた。

ララローズは城の使用人に顔が知られており、その者たちと顔を合わせることがないように、ジェラルドはあえて人気《ひとけ》のない場所の散策を許可したのだった。

行動範囲が広がったことでララローズの日課も増えた。ジェラルドの入浴を手伝い、一緒に朝食を食べた後、中庭の一部を借りてハーブを育てている。

「うん、順調に育ってるわ」

雑草を抜き水やりをし、たっぷり陽の光を浴びたハーブは生命力に溢れている。てっきり却下されると思っていたのに、ジェラルドに庭を借りたいとお願いすると、意外にも好きにしろとあっさり許可をもらえた。

その言葉通り、ララローズは中庭で好きな植物を育てている。当然、品種についてはきちんと報告し、毒草を育てていないと伝えているが。ともあれ、自然と触れ合える時間が増えたことで、とてもいい気分転換になっていた。

「このあたりのハーブは、あと数日したら摘んで、ハーブティーを淹《い》れよう」

些細な楽しみができたことが嬉しい。ララローズが魔女の血を自覚する瞬間は、こうして植物を育てているときかもしれない。なんとなく植物の気持ちがわかる気がするし、綺麗な花を咲かせるのも得意だからだ。

裾についた土を軽く払い、背伸びをした。肩甲骨を動かし、身体をほぐす。

見上げた空には雲ひとつない。澄み切った青空を見ていると、ここではないどこか遠くへ行きたくなる。けれどどこに行きたいのかはわからなかった。

――吸い込まれそうな綺麗な青空だわ。とてもいい天気。

だが夕方には天気が荒れそうだ。

青空を見ていて天気が荒れるなど、普通は思わないだろう。しかしラローズと母のデイジーは天気を読むことが得意で、今まで一度も予想が外れたことがない。これまで深く考えたことはなかったが、この特技は魔女の血と関係しているのかもしれない。

――洗濯物は夕方までに取り込んだ方がよさそうだけど……言わない方がいいわね。

親切心を出して気味悪がられたくない。自分の発言に尾ひれがついて変なふうに伝わる可能性もある。余計なことは言わない方がいい。

少し離れたところで自分を見張る騎士に合図をし、城内に戻る。ジェラルドの執務室に入り、空気の入れ替えのために窓を開けた。

その直後、窓から一羽の梟《ふくろう》が飛び込んできた。真っ白な羽のその梟は天井付近を一周し、ジェラルドの執務机の上に降り立った。

「ええ？　梟？　どうして……」

足首に手紙が括りつけられていた。これは伝書鳩ならぬ伝書梟なのだと気づく。梟が手紙を運ぶなどはじめて見たが。

ちょうど室内にはラララローズしかいない。騒ぎを起こしたら部屋の外で見張りをしている騎士たちが入ってきてしまうだろう。

大きな鳴き声を出されないようにと気を付けながら、ラララローズは慎重に梟の足から手紙を外した。なにかご褒美をあげたほうがいいかもと思い、室内を見回す。

しかし餌になるものを探しているうちに、梟は窓の外にいた虫を見つけて飛び去った。もうラララローズに用事はないとでも言いたげに。

「……行っちゃった」

果たして誰の梟だったのだろうか。

この手紙が自分宛なのか、ジェラルド宛なのかはわからない。だが国王への手紙を、伝書梟を使って送るなど、密偵のようなやり口だ。

ラララローズを部屋に住まわせているのに、不審に思われることをジェラルドがするとも思えない。

――もしかしてお母様から？

手紙を出しても一向に返事が届かなかったのは、梟を使って返事をよこしていたからだろうか。訓練された梟がどのくらいの速さで手紙を届けられるのかさっぱりわからないが、ここに届いただけでも驚きだ。

ラララローズが素性を知られている今、通常通りの方法で手紙を出しても握り潰されるか誰かに読まれてしまう可能性があると考えたのだろう。

逸《はや》る気持ちを抑え、応接間の椅子に腰を下ろす。ぐしゃぐしゃになっていたり、水に濡れてインクが滲んでいる箇所もあったが、問題なく読み進められた。

まずはじめに、娘の身を案じる母の気持ちが綴《つづ》られている。実家の家族は全員変わりなく過ごしているようで、ララローズはほっと安堵の息を吐いた。

手紙はすぐに本題へと移る。母が祖母から聞いたイングリッドの話と、魔女について母が知る情報が簡潔に記されていた。

ララローズは呼吸を忘れて読み進める。自分が息を吸えているのかわからなくなるほど手紙の内容は衝撃的だった。

「……なんてこと」

イングリッド・メイアンは希代の魔女だ。その絶大な力をどこで手に入れたのかは誰もわからない。イングリッドがどこで生まれ、どれほど生きていたのかも実の娘すら知らないという。魔女は身内にすら名前を隠す。本名を知られることは魔女の魂を捕らえられることで、誰かに呪いをかけられる隙が生まれてしまうらしい。

それなのに、何故これほどまでにイングリッドの名が知られているかというと、彼女が魔女であることをやめたからだという。彼女の名が知られているということは、つまり、彼女がただの人間として生きていく決意をした証でもあった。

魔女は愛する男を作らない。魔女に結婚という考え方はなく、子供が欲しくなれば男から子種をもらって次代の魔女を作り、育てる。もし魔女が男に愛を捧げたら、魔女の力は男に奪われてしまうということだ。大抵の魔女は愛を知らずに一生を終え、稀に男を愛した魔女は魔女の力を失ってしまう。

膨大な力を持ったイングリッドは、珍しい魔女のひとりだった。彼女がどのようにしてエルンストに出会ったのかはわからない。だが二人の間には絆《きずな》が生まれ、愛が芽生えた。愛する男を得たイングリッドは、魔女の力を失うのと引き換えにエルンストとの恋を成就させようとした。彼の言葉を信じて、二人でヴェスビアス国から出る覚悟を決めていたらしい。

だが結果、エルンストは国に残ることを決めてイングリッドに別れを告げた。王位継承権を捨てることができず、リヴィエール侯爵家の姪を妃に選んだ。彼になにがあったのかは明かされていないらしいが、確かなのはイングリッドと共に生きると誓ったにもかかわらず、彼女を裏切ったということだ。

その裏切りはイングリッドを捨てたということだけではない。侯爵家の娘はエルンストの子供を身籠もっていたという。愛しているのはイングリッドだけと囁きながら別の女と関係を持ち、子供まで宿していたことがイングリッドにさらなる絶望を与えた。

イングリッドにとってみれば、すべてを捨ててエルンストを選ぶ決意をしたのに、相手から同じ愛を返されなかったばかりか、信じた愛は偽物だったと言われたようなものだった。裏切りは絶望に、愛情は憎しみに変わっていった。別れを告げられたとき、実はイングリッドも同じくエルンストの子供を身籠もっていたのだ。

魔女の力を失い、子供まで見捨てられた。憎しみはすべてエルンストへ向けられた。

イングリッドはかろうじて残っていた力を振り絞り、エルンストとヴェスピアス王家の男児を呪い、イングリッドの子孫と王家の子孫が結ばれない限り永遠に続く呪いをかけたのだという。

やがてひとりで女児を産み、娘はアネモネと名付けられた。アネモネの花言葉は、恋の苦しみ、見捨てられた儚《はかな》い恋。それはまさしくイングリッドの恋の結末とも言える。

イングリッドはエルンストに呪いをかけた後、魔女の力を完全に失い、アネモネは人間として育てたようだ。娘が十になる頃には人間に預け、エルンストの訃報《ふほう》を聞くと後を追うように亡くなったらしい。

エルンストとイングリッドの二人が死んだことで呪いは終わったかのように思えたが、イングリッドの力は本物だった。罪のないエルンストの息子にまで、短命かつ愛する女性の記憶を失う残酷な呪いが引き継がれてしまった。

そのことを、王都から遠く離れた場所でアネモネやデイジーが知ったところで、口を挟むことなどできやしない。近くにいたとしても、もしそのことを伝えたら王家からどのような罰が与えられるかもわからない。彼女たちは人間としての静かな生活を選んだ。ララローズは、王家とは無関係に慎ましく生きることを選んだ家族を責める気にはまったくならない。イングリッドの残酷な呪いをかけた理由も納得がいった。理解はできないが、彼女の気持ちは想像できる。

もしかしたらその呪いにもなにか誓約があったのかもしれないが、詳細は呪いをかけた本人にしかわからない。

【……あなたが心から誰かを愛するなら、たとえその人に裏切られたと思うことがあったとしても信じる心を捨ててはいけない。あなたが国王陛下を愛しているなら、王の心のよりどころになれるよう、寄り添ってあげなさい】

手紙を最後まで読み、丁寧に折りたたんでそっと嘆息する。

数枚にわたる内容は、ララローズが想像していた以上に壮絶だった。

――今までひいおじい様についてなんて考えたこともなかったわ……。

多くの魔女が男の精子だけをもらい子供を産むのであればアネモネの父親も見知らぬ男である可能性もあったが、エルハンストの子供だったとは。

――おばあ様はエルンスト陛下の娘……。

つまり、ララローズはジェラルドと遠縁ということになる。恐らくエルンストは、イングリッドの子供の血筋のことを知らなかったに違いない。もし知っていたのなら、ジェラルドも知っていたはずだ。エルンストの手記が残っているならそこにアネモネについて触れられていてもおかしくないからだ。

もしもジェラルドが、ラララローズもエルンストの血筋だと知ったら、どのような反応を見せるだろうか。

ジェラルドは呪いを受け継ぐヴェスビアスの血を忌まわしく思っているだろう。ならばラララローズにも同じく忌まわしい血が流れていると知られれば、今以上に嫌われて避けられるのではないか。二度と顔を見せるなと追い出される可能性も捨てきれない。

「……っ」

想像しただけで胸の奥がギュッと摑まれたように苦しくなった。手の中の手紙がくしゃりと折れる。

こんな気持ちを抱くほど、自分はジェラルドに心が向いているのだと気づかされる。

「……王に寄り添うなんて、どうやったらいいの……」

彼を愛したってその愛は決して返ってこない。彼に疎まれても根気強く寄り添い続けられるだろうか。

——ままならないわ。なんて厄介なの。

好きな人に好きになってもらいたい。そう思うのは自然なことだ。だけど憎まれている相手に好かれるにはどうすればいいのだろう。

出口がわからず、正しい答えも見つからない。ジェラルドのためを思うなら彼の前から姿を消した方がいいかもしれないと考えたこともあったが、そうしたら、ジェラルドにとっては呪いを解く唯一の手掛かりを失うことになる。自分にそれだけの価値があるかは自信はないが、今ララローズが彼の傍にいられる理由はそれだけだ。

——お母様の話では、呪いを解くにはやっぱりイングリッドの子孫とエルンスト陛下の子孫が結ばれることだというけれど……。

イングリッドの望みはエルンストの愛だった。彼と相思相愛の関係になり、幸せに生きること。

身体だけではなく心の結びつきが大事というのは、魔術師の仮説と通じている。ジェラルドはララローズの心をよこせと言う。けれどすでにララローズは彼が好きな気持ちを自覚している。それなら、ララローズがあげられるものはこれ以上ないのではないか。

——一方的な想いだけではダメなんだわ。彼の心も私に向かなくては。

だがそれをどうやって手に入れたらいいのだろう。恋心は誰かに命じられて抱くものではないのだ。

いっそのこと媚薬を使えば……と思考が迷走しそうになる。しかしそんな怪しげな薬に頼っても本当の意味で結ばれたことにはならないし、虚しいだけだろう。

——あの人の心の壁を崩す。信用を得られるようにするのが先決だわ。

ジェラルドはまだラローズを信用していない。肌を重ねた夜は数えきれないが、彼の口から本音を聞いたことは数えるほどしかない。

もっと相手のことを知ることが大事だ。

ジェラルドと向き合い、たくさん会話がしたい。なにが好きでなにが嫌いか、些細なことでも知ることができたら嬉しい。

相手のことを知りたいのは、その人が好きだからだ。

自分のことを知ってもらいたいのは、その人に好きになってもらいたいからだ。

心の壁を壊して、内側を見られるようになるにはどれくらい時間がかかるのだろう。

かつては、彼の機嫌を損ねると恐ろしいと思っていたが、その気持ちはだんだんと薄れていた。ジェラルドは確かに冷酷で容赦がないが、癇癪持ちの子供ではないのだ。きちんと話をしたら耳を傾けてくれるし、ラローズに触れてくる手つきは随分優しくなった。

「大事なのは対話だわ。ちゃんと会話をして、もっと陛下のことを知っていかなくちゃ」

母親から届いた手紙を見つめる。小さく折りたたんだそれをどこに隠すべきか考えるが、いい隠し場所が見つからない。

この手紙をそのままジェラルドに見せるのは気が引けた。

「……仕方ない、燃やそう」

一字一句覚えるように何度も手紙に目を通し、ラローズはマッチを擦り、手紙を燃やして処分した。

◆　◆　◆

夕食を終えると、ジェラルドは湯浴みをする。

国王専用の大浴場は滅多に使わず、寝室の隣にある小ぢんまりとした浴室を好んでいるようだ。彼は食堂から私室に戻ると、首元を緩め上着を脱ぐ。カフスを外すのは彼に任せ、ララローズもジェラルドの着替えを手伝うのが日課になっていた。

「湯浴みの準備は整ってますが、すぐにお入りになりますか？」

「ああ、そうだな」

ジャケットを受け取り、皺がつかないよう軽く形を整え、衣装部屋の風通しのいい場所に吊るす。ジェラルドが外したカフスは天鵞絨《ビロード》張りの小物入れに置かれた。神秘的な青い宝石、サファイアを加工したそれは、ひとつだけでララローズの給金の一年分の額になるらしい。

高額な美術品や調度品を扱うのも随分慣れたが、緊張感は消えない。余計な指紋がつかないようにそっと触り、傷がつかないように神経を使う。

上半身の肌を晒し、トラウザーズのみを身に着けた姿でジェラルドは浴室へ向かった。

着替えはすでに浴室の脱衣所に置いてある。ララローズも彼の後を追い、湯浴みの手伝いをするべく身に着けているエプロンを脱いだ。

「なんだこれは」

ジェラルドが、浴室内に置かれたいくつものキャンドルを怪訝そうに指差している。

ララローズは彼の目の前でマッチを擦り、キャンドルに火を灯した。橙色に光る淡い光は目に優しい。数秒後にはほのかな花の香りが漂ってくる。

「どこで手に入れた？」

「時間が余っていたので作ってみました。ジェラルド様にも気に入っていただけるかなと思って」

「作った？　どうやって」

「難しくないですよ。蝋燭《ろうそく》を溶かして、植物から抽出した精油を垂らし、固めただけです。厨房から使わないグラスをいただいて、庭から花も摘んで一緒に入れてみたらオシャレかなと」

中庭に出られるようになってから、ハーブを育てる以外に新しい物作りにも挑戦していた。思いつきで作りだしたが、なかなか面白い。精油は高価なものではなく、市井にも出回っているものだ。

香りはきつくなりすぎないようにほのかに香る程度に抑え、中に入れる花はそれぞれ違うものを用意した。

想像以上にいい出来だ。ララローズはほんの少し気持ちが高揚していた。

香りは、人の気持ちをほぐす効果があると言う。最近のジェラルドは、難しい問題があるのか、これまで以上に眉間に皺が寄っている。このキャンドルで少しでもジェラルドが癒やされればいいと思っていた。

――興味を持ってもらえたかしら？

しげしげと眺める姿が珍しい。くだらん、と一蹴《いっしゅう》される可能性も考えてはいたが、杞憂に終わりそうだ。

「ゆっくり身体を休めてください」

「悪くない」

ここで一礼して退室できればいいのだが、そうはいかないことは身に染みてわかっている。ララローズは脱がされる前に、自らお仕着せのワンピースを脱いで下着姿になった。

ジェラルドはキャンドルから視線を外し、ララローズの方を向いた。

彼は、おもむろにトラウザーズと下着を脱ぎ、全裸を晒す。羞恥心が欠片も見当たらないところにも慣れてしまった。

「失礼します」

一声かけて、彼と同じようにすべてを脱いだララローズはジェラルドの背中から洗いはじめた。

海綿にたっぷり石鹸を泡立て、適度な力で肌を擦る。すっかり手際もよくなり、時には筋肉の凝りをほぐすように力を入れることもあった。

「肩、凝ってますね」

体重をかけながらグッと親指で指圧する。背骨に沿うように指をずらし、彼の広い背中をマッサージしていくと、ジェラルドの口からホッとした吐息が漏れた。身体から余計な力が抜けていくのを感じる。

「痛くないですか？」

「いや、もう少し強くてもいい」

「ここでは難しいので、寝台の上で後ほど」

浴室の鏡に映るジェラルドの表情はゆったりと寛いで見える。曇りガラスのせいでそう見えるだけかもしれないが、ララローズの緊張も最初の頃と比べると随分薄れていた。

――最初は頭を洗われることも拒否していたけど、今は任せてくれるし、出会った頃よりは信頼されているのかしら。

緩く波打つ金の髪は乾いていると獅子のようで、目つきは猛禽類のように鋭いし、歩く姿は優美な獣だ。ジェラルドは全身で王者の風格を醸しているが、こうしてすべてを曝けだしているときは不思議と怖くない。

指の腹を使い、頭皮を軽く揉み解しながら、泡を洗い流す。残すは身体の前のみだが、それにもとっくに慣れてしまった。急所は洗わないと初日に決めてしまったのがよかったのだろう。たとえ彼の生理現象を目のあたりにしても、ジェラルドがそこも洗えと無理を強いることはなかった。

「終わりました」

「ご苦労」

それだけ言って、ジェラルドは湯船に浸かる。彼が身体を温めている間に、ララローズも自分の身体を手早く洗い上げた。

いつもはなにも言わずじっとその様子を見つめているだけだが、今日は何故か珍しくジェラルドが声をかけてくる。

「おい、もう少し丁寧に洗ったらどうだ。それでは髪が傷むだろう」

手早さを重視し、洗い残しがないように気を付けてはいたが、ジェラルドには雑に見えていたらしい。思わぬ発言に、泡まみれの髪のままララローズはパチパチと目を瞬いた。

――え、どうしたの急に。

ジェラルドがララローズに関心があるかのような言葉をかけてきた。今までそんなふうに言われたことがないので、驚いて一瞬返答に詰まってしまう。

「……普段通りですし、こちらで洗わせてもらえるようになってからは、使う石鹸がいいのか、髪の傷みも気にならなくなりましたよ」

侍女が使う大衆向けの石鹸と違い、ジェラルドが使うものは高級品だ。侍女は身体を洗う石鹸で髪も洗うが、ジェラルドの場合は頭髪用の石鹸が別にあり、それも当然質がよく、髪の手触りが変わった。

――ちょっと、心労が溜まっているのかな？

今まで気にならなかったことが気になるというのは、心労が溜まり苛々して細かいところが目に付くということなのかもしれない。就寝前のマッサージは気合いを入れてやろうと心に決める。

なにか言いたげな視線を感じながらも、ララローズは自身の足のつま先まで洗い終えた。そのままジェラルドが浸かる浴槽に入り、向かい側に腰を下ろす。

ここまではいつもと変わらない入浴だ。少々予想外の質問をされたが、ジェラルドが機嫌を損ねた様子はない。

ララローズは、無言のままじっと見つめてくるジェラルドを見つめ返す。濡れた毛先から雫がぽたりと落ち、彼の首筋を伝う。凄絶な色香に呑まれないよう、グッと腹の奥に力を込めた。

――そうだわ。私、もっと陛下と会話をしようと思っていたんだった。

視界の端でキャンドルの炎がゆらゆらと揺れている。ふんわりとした、花の甘い香りが充満し、緊張感をほぐしてくれる。

二人きりの浴室は会話ができる絶好の機会だ。お互い、裸になって、すべてを曝けだした状態で本音を語れる。身体が温まることで精神的にも落ち着いて話すことができそうだ。ジェラルドのことが知りたい。心を通わせるにはもっと会話をしなくては。

「ジェラルド様は、好きな花はありますか？」

「……なんだ、突然。好きな花など特にない」

「では好きな食べ物は？」

「特にない」

「……そうですか。嫌いな食べ物などは」

「特にない」

「……」

会話の難しさを痛感する。

――この人は一体、今までなにを感じて生きてきたの。

つい詰《なじ》りそうになったが、好き嫌いを見つける余裕がないほど呪いのことしか考えていなかったのかもしれない。それに、味方であるはずの両親を早くに亡くしているため、周囲に付け入る隙を与えるような言動や行動も慎んだことだろう。

好き嫌いすら言えない暮らしは窮屈そうだ。もしくは本当になにも頓着しない性格なのだろうか。

「でもなにかしら好きだと思うものはあるでしょう？　温泉地では、土産物についてあれこれ教えてくれたし。ジェラルド様のお勧めではなかったのですか？　強いて言えばなにがお好きなんですか」

「旅先で買わねば損なものくらいは把握している。だが好きなものかどうかは別だ」

「でもジェラルド様だって人間なのですから、心が惹かれるものくらいあるはずでしょう？　今まで誰にも言えなかったかもしれないですけど、ここには私しかいませんし、こっそり教えてください」

「何故だ？」

ジェラルドの顔に不機嫌さは見当たらない。だが心底謎だと顔に書かれてある。

――ああ、この人は本当に孤独なのだわ。

これまでこのような会話をする人がまったくいなかったということなのだろう。本来、人は互いを知って距離を縮めていくものなのに、彼にはそうした関係を築いていくことがなかったのだ。

確かに彼が気を許せる味方は極端に少ないだろう。マティアスやラウルもジェラルドの側近ではあるが、味方かと訊かれるとわからない。貴族の彼らは、家が絡むと自由な発言はできないだろうから。ラララローズも貴族の端くれだが、貧乏貴族と高位貴族とではしがらみが違う。

問われた質問を数秒考え、ララローズは意識的に微笑んだ。

「ジェラルド様のことが知りたいと思ったからです」

ジェラルドは、ひどく怪訝な表情を向けてきた。その目はララローズの真意を探ろうとしているように見える。

ララローズはただ、国王としてではなくひとりの人間としてなにが好きなのかが知りたいのだ。どうしたら彼の心に触れることができるのかも教えてほしい。

彼に歩み寄り、心の壁の内側に入りたいと願う。

――そしていつか、私自身を見てもらえたら嬉しい。

イングリッドの子孫としてではない、ただのララローズとして。ひとりの女性として見てもらえたら、きっと泣きたくなるほど喜ばしい。

家族に向ける愛とジェラルドに向ける愛の違いがはっきりとはわからないけれど、彼には憂《うれ》いなく、笑顔でいてほしい。そして幸せになってほしい。その気持ちは紛れもなく愛と呼べる。

――たとえ、この人の隣に私がいなくても、生きることに執着して、笑顔で楽しい人生を謳歌してくれたら、きっと私も満たされるわ。

圧倒的に笑顔が足りないジェラルドは、笑顔を作ることから練習しなくてはいけないだろうが、いつか、先祖のしがらみから解放された、心からの笑顔を見てみたい。

「お前が知るべきことは話したはずだぞ。新しい情報はなにもない」

「そうではなくて。ただ純粋に知りたいだけです。呪いとか情報とか関係なく、ジェラルド様のことをもっと深く知りたいと思うのは迷惑ですか？」

——まあ、迷惑と言われても諦めるつもりはないけれど。

一度迷惑と言われただけでいちいち落ち込んでいたら、この先やっていけない。繊細な神経はこの際捨てることにした。

返事を待っていると、ジェラルドはふいっと顔を背けた。眉間にはしっかりと皺を刻んでいるが、機嫌を損ねたからという理由で視線を逸らす人ではない。不機嫌さはそのまままっすぐ向けてくる男だ。らしくない反応に小首を傾げる。

——どういうことかしら？

迷惑ではない、ということだろうか。わずかな期待を抱きながら待っていると、ジェラルドは渋々「嫌なことには答えん」とだけ呟いた。

「ありがとうございます」

また一歩、二人の距離が縮んだ気がする。

だが、話題選びはなかなか難しい。子供の頃の他愛ない思い出話も、ジェラルドにとっては苦痛になり得るからだ。両親の死を目の当たりにした後、すぐに即位したとなると、思春期の子供らしい思い出など作れなかったかもしれない。

――いっそ私が喋りまくって、聞き役になってもらおうかしら？

自分のことも知ってもらいたいと思っていた。話しているうちに、興味のある話題が見つかるかもしれない。

「急になにか話してほしいなんて言っても、わからないですよね。ジェラルド様は話したくなったら話してもらえたら嬉しいです。それまで私が話しますので、ジェラルド様は聞いてくれていればいいですよ」

「……何故俺がお前の話を聞かねばならん」

「それは私のことをたくさん知ってほしいからです。身体のことはわかっているのに互いの内面を知らないなんて、順序が逆だと思うんですよ」

「……」

ジェラルドがムッと押し黙る。思うところがあったらしい。

相手のどこが弱くて気持ちいいのかは把握していても、恋人同士ではない場合、心を通じ合わせる方法にはならない。もっと深くお互いの気持ちを知ることがこの呪いを解く近道になるのだ。

「では、遡《さかのぼ》って、私が生まれた頃のことですが……」

「待て。遡りすぎだろう。何時間湯に浸かっているつもりだ？　ふやけるぞ」

正論が返ってくる。ララローズは小さく笑い、ぬるくなった湯から出ることにした。

「確かに、あまり長湯はできませんね。では就寝前にでも。ジェラルド様の身体をほぐしながら語りますね」

「嫌でも聞かされるということか」

「私の情報は知って損はないでしょう？　どこかに呪いを解く鍵が転がっているかもしれませんよ」

ジェラルドの手を握り、そろそろ上がるよう促す。彼は無言でララローズに従い、渡されたタオルを手に取った。彼が身体を拭っている間に、ララローズはキャンドルの火を消す。一瞬、儚く揺れる灯火に、己の不安定な未来を重ね合わせたが、消してしまえばそんな感傷的な気分はあっさり消えた。

ララローズも、適当に身体と髪を拭い終えた後、寝間着に着替えて湯上がりの水分補給をする。あらかじめ水差しにハーブ水を作っておいたのだ。冷えてはいないが、室温のままでも十分おいしい。

ジェラルドの前で毒味をし、新たなグラスにそれを注いで手渡す。

「どうぞ、お口に合うといいですが」

「……香りは悪くない」

後味がすっきりしているのが特徴だ。飲みやすく、疲労回復にも効果がある。ララローズが中庭の一画に植えているのと同じハーブだが、これは城で常備しているのを譲ってもらったものだ。

あと数日もすれば庭のハーブも収穫できる。だが、ふと窓の外を見ると、ラローズが予想していたとおり勢いよく雨が降っていた。

「……今夜はずっと雨でしょうね。皆さん風邪を引かないといいのですが」

「門番も騎士も普段から鍛えている。雨で視界が悪くなるだろうが、天気が崩れたときの対策もそれなりにしているから大丈夫だろう」

ヴェスビアス国は中央に山脈が走っており、王城は渓谷に建てられた城だ。このあたり一帯は夏の避暑地として有名だが、冬になると寒さが厳しく、天候も変化しやすい。

コルネリウスの領地は平原のため、王都に来た頃はその違いに驚いたものだが、今ではすっかり慣れてしまった。夏の間は過ごしやすいし、外での庭仕事も苦にはならない。

「長雨にならないといいのですけど」

地盤が緩み土砂崩れが起こったり、川が氾濫しかねない。それに作物にも影響が出てくる。

――でもこうして雨が降るのを見ていると、まるで閉じ込められたように感じるわ。

外との繋がりが絶たれ、この世界にいるのは二人だけ。そんな不思議な心地を覚える。

「お前はこの雨がどれほど続くと思う」

ジェラルドが静かにグラスを置いた。中身はすでに空になっている。口に合ったようでよかったとほっとしつつ、彼からの問いかけを不思議に思う。

ラララローズは外を見つめ、窓をそっと開けた。風は強くないため、雨が室内に入り込むことはない。空には濃い雲が広がっている。雨の匂いが充満し、ラララローズの鼻腔をくすぐった。

ときどき風の音が鋭く聞こえる。そして微かに感じる雷鳴の気配。

「……これから雷雨に変わります。雷が落ちないとも限りません。明日いっぱいは雨が続くと思いますが、明後日になればやむと思います」

「何故わかる？」

至極当然の疑問だ。ララローズは窓を閉めて、カーテンも閉める。少し逡巡し、「魔女の勘かもしれません」と答えた。

「お前は魔女としてなにもできないんじゃなかったのか」

「できませんよ。呪いも魔術も、知識もないし、できたこともありません。もちろん、やりたいとも思いませんが。ただ、そんな私にも特技はあるんです。ひとつは少しだけ植物の気持ちがわかること。花を綺麗に咲かせて、元気なハーブを育てられます。もうひとつは、天気が読めること。これは今まで外したことがありません。何故と言われてもわかりませんが、直感のようなものです」

魔女の勘というものが一番当てはまると思う。作物を育てる上で天気を読むことは欠かせない。

コルネリウス領は主に農村地帯にある。領民と共に畑仕事を手伝うことも多々あった。

ラララローズの父は領主ではあるが、領民と共に畑仕事を手伝うことも多々あった。


「うちが貧乏なのは、ご先祖様がお人よしで騙されやすいというのもありますが、両親が領地へ還元しているからです。作物を育てる農機への投資や道の舗装、温室の整備と保存食品の研究に、新しい作物への投資。豊作の年をいかに増やせるか、収穫が予想通りに見込めない年をどう乗り切るかを考えているから、うちに入るお金はわずかなんです。贅沢は好みませんし、食べるものにも困らないからなにも不自由はありません。自ら育てた野菜は格別においしいですし」

貴族らしくないと嘲笑う者たちもいるが、ラララローズはそんな嘲笑を気にも留めない両親が好きだった。領民たちと一緒になって汗水を垂らしながら日々を頑張って生きる姿は、ラララローズにも眩しく映る。

だがお金はやはり大事だ。いくらあっても困らないし、むしろこれから必要な設備を考えればあるに越したことはない。だからラララローズはお金が好きだし、より稼げる王城へ働きに来た。毎月の仕送りも、両親はきっと自分たちの暮らしのためではなく領地へ使っていることだろう。

魔女の母の話など聞きたくないかと思ったが、ジェラルドは黙って耳を傾けていた。

彼の中での魔女はきっと、男性を魅了し破滅に追い込むような女だろうから、母たちの話を聞いて、もしかしたら意外に思っているのかもしれない。

けれど、実際はジェラルドに話したとおり、ただの人間として慎ましい生活を送っているにすぎない。母もラララローズも、魔女の力は使えない。天気を読むことだけは特技として領民にも知れ渡っているが、誰も魔女だからだとは思いもしない。父も妻や娘が魔女の血を引くとは知らないでいる。

――それに、お母様はきっと、愛する男性と結ばれたから魔女の力はないんだわ。

魔女が愛する者を見つけ、誰かを深く愛したら魔女の力は失われるという。母からの手紙を読んではじめて知ったことだが、それなら納得がいった。祖母も、数年前に亡くなった祖父を心の底から愛していたから。

では、自分はどうなのだろうか？　と、ふと疑問がよぎる。

ラララローズは魔女の力を自覚していない。なにもできないとさえ思っているし、魔女の力なんていらない。失って構わない。

愛する男のためになるなら修業して使えるように頑張ったかもしれないが、その力が彼を苦しめる原因となるならすべて消えてしまえばいい。たとえ彼の愛を得られなくても、ラララローズに未練は一切ない。

「コルネリウス領は年々作物の出荷量が増えていたな。豊かな土地だと思っていたが、そういうことか。だが、領主が私財を費やしてまで投資をするより、その前に国に援助を要望できただろう。収益が見込めるなら、投資することで国の財源にもなる。何故一度も要望しなかった？」

ラララローズも同じことを告げたことがあったが、そのとき、父は残念そうに笑った。

「祖父の代に二度、父も一度嘆願書を送ったらしいのですが、跳ねのけられたそうです。きちんと詳細な予算案と回収の目途も記載し、話だけでも聞いてほしいと思っていたそうですが……。ジェラルド様が知らないということは、ジェラルド様に届く前に突っ返されたってことですね」

だがラララローズたちも、今さら国から援助が欲しいなどとは思っていない。今のままで少しずつ結果は見えてきているのだから。余計な権力争いに巻き込まれない方がいい。

ちらりとジェラルドを見ると、その顔が険しくなっている。ゆったりとハーブ水を飲んでいるような空気でもなくなった。

そろそろ就寝時刻が近い。ラララローズは手早くグラスを片付ける。

「今夜は少し天気が荒れそうですので、静かな夜にはならないと思います。早めに寝ましょう」

きちんと整えられた寝台は皺ひとつついていない。

ジェラルドが寝台に上がったのを確認し、部屋の光源をひとつ落とした。

外は先ほどよりも雨が激しく降っている。窓ガラスを打ちつける音も激しさを増していた。

——雷が落ちなければいいけど……。

雷を怖いと思う人は多い。ララローズの年の離れた弟も、雷雨になった夜は必ず、ララローズの寝台に潜って震えていた。

今ではすっかり生意気になってしまっているだろうかわいい弟を思い出すと、自然と笑みが零れる。里帰りをしていないため、どれほど成長したのかはわからないが、次に会える日が楽しみだ。

「なにを笑っている」

ジェラルドが不審げな顔を向けた。

「いえ、別に。弟が小さかったとき、雷に怯えて一緒に寝てほしいと言ってきたことがあったなと思い出しただけです」

ジェラルドに兄弟はいない。彼に兄弟を作れなかったことが、王妃の精神を不安定にさせた一因だ。

余計なことを言ってしまったかと内心ひやりとしたが、ジェラルドは気にするそぶりも見せず寝台にうつ伏せに寝そべった。

「……寝る前に身体を揉み解すんだろう。早くしろ」

尊大な言い方が彼らしい。

素直にありがとうが言えないところも、彼を知るにつれ微笑ましい気持ちになる。

ラララローズは一声かけてから、ジェラルドの腰をまたいだ。

首から肩、背中、腰に体重をのせて、硬い筋肉を揉み解していく。湯に浸かったため血行がよくなったのだろう。先ほどよりもマシに思えたが、全体的に疲労が残っていそうだ。

「痛かったら痛いって言ってくださいね」

広い背中だ。綺麗についた筋肉も、彼が自ら剣をふるうことを示している。

このマッサージも、農作業を手伝う父親の身体を労わることで習得した特技のひとつだ。両親が褒めてくれていたから、下手ではないと思っていたが、ジェラルドに試すのははじめてだ。いつもはこのまま服を剝かれ、肌を暴かれてしまうから。

――あ、さっきよりジェラルド様の身体から強張りが抜けているわ。触れられることに慣れたのかしら。

気持ちいいと感じてくれているようだ。言葉よりも身体の反応が雄弁に伝えてくれる。

肩甲骨の周辺を揉み解し、背骨に沿いながらグッと親指に力を込める。手のひら全体を使いまんべんなく力を加え、腰の周辺は念入りに揉んでいく。座ることも多いとなると、腰が疲れているだろう。

彼の口から時折吐息が漏れる音が聞こえた。

「ん……っ」

「ジェラルド様」

「……なんだ」

「寝ててもいいですよ？」

「……寝ない、寝ていない」

すでに声が眠そうだ。いつもより硬さのある声だが、意識的に作っているようだ。

ラローズは笑みを嚙み殺す。まるで、子供が眠くないと言い張っているようにも感じられた。

――そんなこと絶対言わないけど。不敬だし。

いつまでもこんな穏やかな時間が流れてくれたらいいのに。そんな気持ちを抱きながらジェラルドの腰を揉み解していると、カーテン越しにもわかるほど外が光った。

「あ、雷」

音が聞こえるまでの時間を数える。しばらくして小さく雷鳴が聞こえてきた。距離は遠そうだ。

雨足はまだまだ弱まらない。この様子だとまた雷も落ちるだろう。

民家に影響がなければいいけれど……と、つらつらと考えていると、今にも眠ってしまいそうだったジェラルドの意識がはっきりしたのが伝わってきた。

「落ちたか」

硬質な声が響く。

「落ちたかもしれませんね。でもここからは随分離れていると思いますよ」

「何故わかる？」

「光ってから音が届くまで時間がかかったので」

ジェラルドが背後を振り返ろうとする。

「お前は一体どこでそんな教育を受けた？」

「領民と共に一般的な教育を受けただけですが、祖母から教えてもらったり、家の蔵書を読んだくらいですよ」

雷のことは祖母が教えてくれたのを覚えている。光の方が速く、音の方が遅いのだと。深い意味はわからないが、雷が鳴ったら音が鳴るまで数えればいいと教わった。あまりに怖がる弟のために教えてくれたのかもしれない。

ふたたび窓の外がピカッと光った。その瞬間、ジェラルドの身体がぴくりと反応したのを、彼の上に座っているラララローズは見逃さない。

——驚いたのかしら？

そう思った矢先、先ほどよりも短い間隔でゴロゴロと音が鳴った。

ラララローズは黙り込んでいるジェラルドの様子を窺う。真顔だが、先ほどよりも顔色が悪く見えた。

——あらら？

驚いただけではなさそうだ。反射的に彼の手を取り、ギュッと握る。

ジェラルドの手は指先まで冷えていた。先ほどまで湯に浸かって温まっていたとは思えないほどに。

「……ジェラルド様、大丈夫ですよ」

ラララローズはそっと彼の腰から退き、隣に座った。冷たい手を握りしめて温める。

「雷が苦手ですか？」

「……好きな奴はいないだろう」

「そうですね、怖いと思うのは本能だと思います」

ちっぽけな人間がどう抗っても無意味だと思わされるほど、自然は時に恐ろしいものへと姿を変える。恩恵を受けている一方で、脅威を感じるのは生き物の本能だろう。

国王は他人に弱さを見せない。ジェラルドは国王でいる限り、怖いものを怖いと言えないのだと唐突に気づいた。

ラララローズにも決して怖いなどとは言わないが、言葉がなくても通じるものがある。こうして少しだけ素の彼に触れられるたびに、ラララローズの心がほんわりと軽くなる気がした。

──私がずっと傍にいると言ったら、呆れた顔をするかしら。

雷の夜に雪の夜。寒さや寂しさを感じる夜に、隣で手を握ってあげたい。

ひとりでは温められなくても、二人なら温かい。そんなふうに寂しさを補い合える相手として選ばれたいと願ってしまう。

──未来の王妃は、彼の寂しさを埋めてあげられるかしら。

自分が王妃になれるなどとは思ってもいない。ラランローズは権力を求めていないし、一番不要なものだとすら感じている。

けれど、権力があれば多くを守ることができる。よりたくさんの人を助ける国造りができるだろう。

ギュッと握る手に力を込める。この手がつかみ取れるものは、ラランローズが想像する以上に大きくて、重い。

窓ガラスを打ちつける雨が激しさを増した。室内にまで響く雨音を聞いていると、ラランローズも少し不安になる。

それに気づいたかのように、ジェラルドがラランローズの手首をグイッと掴んだ。彼のほうに引っ張られ、上半身がジェラルドの上にのってしまう。

「ひゃっ！」

咄嗟に逞しい胸の上に手をついた。

「なにするんですか」

「うるさい、そろそろ寝るぞ」

ジェラルドの上にのったまま、ララローズは彼の顔を見下ろした。先ほどまで冷たかった手には温もりが戻っていた。

腰に手を回されて身動きができない。寝るように促されたが、ジェラルドはララローズを解放しようとしない。

――こんな戯れに胸がドキドキするなんて、私本当におかしくなっちゃったみたい……。

顔に熱が上がりそうになるのを必死に堪える。ジェラルドに不審に思われたくない。

彼の真意はいまだに不明だ。心がどこにあるのかもララローズにはわからない。

「……これじゃ寝られないです」

「俺の上は不服か」

「筋肉が硬くて寝心地が悪そう」

「この俺にそんな口を利けるのはお前くらいだ」

そう言った声はどこか愉快そうな響きがあった。神経の太い女だと呆れも混ざっているのかもしれない。

しかしあまりくっついていると、鼓動が速いのが伝わってしまう。

早く離れようとするが、嫌がらせのように放してくれない。まるでギュッと抱きしめられているような心地になった。

——えぇっと……。

自分の気持ちを紛らわすように、ララローズはわざとジェラルドを怒らせるようなことを言う。

「そんなにくっついていたいんですか？　雷が怖いですか？」

こうでも言えば放すだろう。だがジェラルドの眉間に皺が刻まれただけで、返事はない。

——無言でいられると怖いし困る……。

言わなければよかったと後悔したところで、ジェラルドが鼻で笑う。

「……お前は馬鹿だな」

ゴロン、とララローズの身体が反転した。拘束が解かれ、隣に転がされたのだ。雑な扱いに目を瞬く。

これはどういうことだろうと考えていると、ジェラルドは寝台から起き上がり、寝転がっているララローズを冷たく見下ろした。

「俺がお前の助けを求めると思うか？　憎い魔女の子孫を」

「……っ」

数秒前までは感じられなかった拒絶の色がジェラルドの目に浮かんでいる。

驚きすぎて声が出なかった。冷たい眼差しは凍てつく刃のように、ララローズの心に深く刺さる。

「……私のことがずっと憎いですか？　ジェラルド様にとって私は憎い魔女の子孫であって、ただのラララローズとして見てもらえないということですか？」

「なにを今さら。今までもこれからも、お前は憎いイングリッドの子孫だ。ただの女として見たことは一度もない」

「……っ！」

わかっていたことなのに、言葉にされると心が抉られる。

胃の底からわき上がりそうな感情は複雑すぎてうまく表現できなかった。それでも、目頭が熱くなりそうなのを必死に耐える。

「覚えておけ、魔女。俺のものはすべて俺だけのものだ。誰にも奪わせない。身体も命も記憶の欠片も」

ジェラルドはそう言い放つと、寝台を下り、寝室を出て行った。

扉の閉まった音がやけに遠くで聞こえた気がした。

少しは彼の心に触れられて、近づくことができたと思ったのに。それは全部自分の勘違いだったらしい。

「……ひどい男……」

——こんなに感情を乱されて、ぐちゃぐちゃにさせられるなんて。いっそ私も嫌いになれたらいいのに。

一瞬よぎった感情を振り払う。

――ダメ、そんなこと思ってない。諦めるなんてできない。

信じることを諦めたら前に進めない。愛することをやめたらジェラルドの呪いは解けないままだ。

彼の頑なな心を解かせるのは自分しかいない。

一度拒絶されただけで傷ついて諦めるくらいなら、とっくにジェラルドのもとから逃げていた。

雨足が弱まり、窓ガラスを打ちつける雨の音も小さくなった。人気のない室内にパラパラとした雨音だけが響く。もっと激しい雨風の音が響いていたら、ララローズも声を上げて泣くことができたのに。

「間が悪いわ……もう。気が利かない雨ね」

けれど激しく吹き荒れる雨よりも、しとしとと地面にしみ込むような雨の方が今のラローズの心情と合っている気がした。

固く閉ざされた扉を見つめる。

今夜はもう戻ってこないつもりだろうか。明日の朝、彼に一番に「おはよう」を言えるのは自分ではないかもしれない。

——最近は毎日、朝と夜の挨拶をしていたのに。こんなにも悲しい気持ちになるなら、追いかければよかったかしら。

拒絶の背を向けられて追い縋るのは惨めで勇気がいる。あと少しの勇気が足りなくて、一歩も動けなかった。

ラローズは重い気持ちを溜め込んだまま、冷たい寝台に横たわった。

◆　◆　◆

ジェラルドは行き先を決めぬまま城内を歩いていた。

昼間と違い、日付が変わる時間になれば人の気配は少ない。見回りの兵士の目さえかいくぐれば、誰にも咎められることなく好きに移動ができた。

胸の奥で燃え滾る炎がなかなか鎮まらない。何故自分がこれほど苛立っているのか、原因を考えるのが億劫だ。

感情と理性が別の指示を出している。心の中で渦巻くぐちゃぐちゃな気持ちが非常に気持ち悪い。

理性が出す指令は当初と変わらない。

あれは魔女だ。王家の宿敵の娘だと忘れてはならないと告げてくる。

一方で、ジェラルドの心には今まで芽生えたことのない感情が生まれていた。あれは自分のものだと、無自覚だった独占欲が声を上げている。

たった一度会っただけの女の忘れ物を捨てられずにいることも、無意識の執着なのだろうか。温泉で女の髪留めを見つけたとき、返すことよりも手元に置くことを選んだ。追いかけて返すこともできたのに、あえてしなかったのだ。いまだにそれはジェラルドの引き出しにしまわれており、ララローズを見つめるたびに髪留めの存在を思い出す。

彼女に心を許すべきではないのに、ララローズの傍は心地がいい。認めるべきではない気持ちがジェラルドを悩ませる。

「……クソッ」

苛立ちのまま壁を叩き壊したくなった。だが、余計な騒ぎを起こすべきではないという理性は残っているため、強く拳を握る。

歩いても歩いても感情は落ち着かないどころか、ジェラルドの苛立ちを余計に増幅させているようだ。

【あれが欲しいのだろう？】

【あれの心も身体もすべて手に入れたいのだろう？】

ジェラルドの心に吹き込むように、じっとりとした声で囁きかけられる。

それが誰の声なのか、自分自身の願望なのかもわからない。そんな感情があることを認めたくなくて無視をしていたのに、ララローズに触れていると心に蓋をした感情が漏れだしそうになった。

煮えたぎる釜から沸騰した心の泡が今にも零れ落ちてしまいそうだ。傍にいるときより離れている方が苛立ちが増すなんてどうかしている。

あれは魔女だと言い聞かせながらも、ジェラルドはララローズに惹かれていることを自覚していた。

清らかな感情とはほど遠い、独占欲と執着にまみれたどろりとした劣情。責任感と同情で傍にいることがわかっていても、今さら自分の手が届かないところへやる気にはなれない。

――そうだ、責任と同情だ。あいつの俺への感情はそのふたつでしかない。

脅迫し、罪の贖いを迫ったのはジェラルド自身だ。ララローズが震えを堪えて従う姿を見れば、長年蓄積された鬱憤も晴らせるかと思ったが、結果はもやもやとしたものが胃のあたりで暴れだしただけだった。

彼女の家族を盾に取って無理やり従わせている自覚はある。だが今さら撤回はできない。逃げようなどと思わせないようにしなくては。

仄暗い気持ちが頭をよぎった。底なし沼のような牢獄に落ちてしまえばいいと。

だがララローズの意思を無視してこれ以上自由を奪えば、果たして彼女はどのような目で自分を見つめてくるだろう。

諦めたような目で見つめられたいのか？　と自分に問いかけるが、答えは否だった。

——魔女の目……。

ララローズの目は不思議な色合いをしている。黄昏時に銀の星を閉じ込めたような不思議な虹彩。

だがジェラルドは、ララローズの目を夕焼けではなく朝焼けだと感じていた。生命力に溢れる彼女は、夜よりも朝が似合う。

ある日、ララローズが朝の光を浴びてせっせとハーブの世話をしているのをじっと見つめていたことがあった。土と植物の世話を楽しそうにする姿はひどく眩しく映った。

そんな令嬢は、ジェラルドの周りにはいない。華美に着飾り、貞淑そうに微笑むだけのつまらない女など、求めていないというのに。推薦される妃候補は、自己主張をしない従順な女ばかりだ。

香水をつけた女より、甲斐甲斐しく植物の世話をする女の方がいい。

家族を愛する姿もひどく眩しく映った。そんな感情は、ジェラルドには縁のないものだった。両親の亡骸を目の前にしても、いつかこうなると思っていたという冷めた感想しか出てこなかった。

厄介な面倒ごとを解決できずに死んでいった。そう苛立ちを覚えたことも少なくはない。

彼らはイングリッドの呪いに抗いつつも、どこかで諦めていた。あの隠し部屋に保管されている手記には、恨み言と嘆きしか綴られていなかった。後世のための有益な情報などはなく、ただの感情の吐露として書かれたものだった。

弱くて惨めな者どもだ。嘆き悲しむことしかできず、なんの役にも立たなかった。

特にジェラルドは実父を疎んでいた。

傀儡《かいらい》になることを選んだ男だ。これまで国を支えてきたのは祖父の代からの大臣……今の元老院の者たちである。最終的な判断をゆだねられても常に臣下の顔色を窺ってきた男。

王があれでは国が腐ってしまうと幼心に思っていたが、その時点で、すでに腐っていたのかもしれない。ジェラルドが十四で即位し、改革を推し進めようとすると、元老院の誰かに必ず阻止された。かと言って短命な王家の代わりに国を支え続けてきた者たちの言葉を切り捨ててしまうと、軋轢《あつれき》を生み、立ち行かなくなってしまうため、もどかしく思ったことは数えきれない。

それでも、少しずつ臣下の配置替えを行い国の改革を進めてきたが、結局、中途半端なまま己の寿命が先に尽きそうだ。

自分の人生はなんだったのだろうか、とよく考える。皮膚に描かれた呪いの模様……気味の悪いそれは他人には視えないとわかっていつつも、ジェラルドは決して他の者に肌を見せなかったし、着替えや湯浴みはすべて自分で行ってきた。今ではラローズに世話をさせているが、はじめは自分の肌に他人が触れることさえ慣れなかった。

彼女は、その目を通して不可思議なものを視たのは、ジェラルドの呪いの模様がはじめてだったらしい。

ラララローズは恐れることなく、ジェラルドの肌に触れる。抱きしめられると、胃のあたりがギュッと収縮した。呪いもすべて受け入れられているような錯覚に陥り、彼女は望んで傍にいるのではないかとすら思えてしまう。

だがそのたびに、頭の中で警鐘《けいしょう》が鳴っていた。

思い違いをするな、あれは魔女だ。忌むべき相手だ、逆らうなら殺せ、と。

誰も愛さない、大切な人を作らない。己の命も記憶も、すべて己だけのもの。他人に奪われていいものなどひとつもない。そう思う気持ちに変わりはないはずなのに……。

「何故、あいつの泣き顔がちらつくんだ」

正確には泣いていない。だが今にも泣きそうなほど蒼白な顔だった。

傷ついた顔をさせたのは紛れもなくジェラルドだ。それなのに、そんなラララローズを見ていたくなくて、あの部屋から飛び出した。

そして気づけばジェラルドの足は魔術師の塔へ向いていた。夜型の魔術師はまだ起きている時間である。

ギュスターヴの姿を見つけた直後、ジェラルドは端的に質問を投げかけた。

「俺は卑怯な男か？」

分厚い本を片手に持ったまま、ギュスターヴはぽかんと口を開ける。

「……怒らないと誓うなら正直に答えますよ」

「怒らん、答えろ」

ギュスターヴの目から疑いの色は消えないが、やれやれというていで本を閉じた。

「魔女殿絡みですよね。察するに、あなた様は彼女を傷つけてここに逃げてきた。そうであれば十分卑怯な男ですね」

「……」

「女性と関わりたくないと拒絶してきた童貞陛下に女心を察することは難しいと思いますが、あまり頑固すぎると彼女の方が愛想を尽かして心を閉ざすでしょう。今、ララローズ嬢は陛下に歩み寄ろうと努力をされているのではないですか？」

「何故知っている」

「城内の情報はあらゆるところから入ってきますので。……ララローズ嬢が使わないグラスをもらいに来たという話を厨房の者に聞いただけですよ、睨まないでください。キャンドルを用意し、庭師からも花を譲ってもらったとか。なにやら作っているらしいと聞けば、それは自分自身のためというより、陛下のためでしょう」

「何故俺のためにそんな面倒なことをする？」

「それは彼女がしたいと思ったからとしか言えませんね。数日見ていればわかるでしょう、悪巧みをして人を貶《おとし》めようとするような人間ではないことくらい。あなた様の目がとっても悪くて、いつまで経っても彼女を悪しき魔女としか見られないなら別ですが。そろそろ陛下も自覚しているのでは？　イングリッドが過去にしでかしたことと、ラララローズ嬢は分けて考えるべきだと」

「……随分とわかったような口を利くな」

「それは陛下よりずっと長生きしていますし、ラララローズ嬢のことは、投獄されるよりも前から見ていましたからね。陛下のために」

ずっと陰から見ていたと言われると、不快感が込みあげてきた。自分のあずかり知らぬところでラララローズの様子をつぶさに観察していたのか変態、と罵る言葉が喉元まで出かかる。

「今失礼なことを考えていますね？」

「言っていないだろう」

「目が語っているんですよ。って、その感情の根っこにあるものがなにかもわからないなんて、そんなことないですよね。私に言わせないでくださいよ」

「わからん」

ジェラルドが即答すると、ギュスターヴは呆れたような、残念なものを見るような視線をぶつけてきた。不敬だと思いつつも、ジェラルドはグッと押し黙る。魔術師は立場上中立であり、政治とも宗教とも無関係。国とのしがらみや貴族との上下関係もない、別の軸に身を置く者たちだ。王も平民も同等の扱いをする。

ギュスターヴは教師のように、答えを告げた。

「私の口から彼女の名を出したとき、わずかに殺気立ちましたね。彼女のことをずっと観察していたと言ったときも不快感を抱かれた。それは明らかに、嫉妬という感情ですよ」

「……嫉妬だと？」

「ええ、そうです。男が見苦しく見える感情の最たるものが嫉妬ですよ。覚えておいてください。陛下は私に嫉妬した。それはつまり、彼女は自分のものであるのに他の男に見られるのは気に食わない、という独占欲の現れでもあります」

他人に独占欲を指摘されるとは思わなかった。ジェラルドは苦虫を噛み潰したような表情を浮かべる。

途端に居心地が悪くなるが、このまま帰るのは逃げたようで恰好悪い。

「陛下は彼女が憎い相手だと思い込んでいる。頭ではイングリッドの子孫に心を許すべきではないと、そう思っていますよね」

「ああ、そうだ」

「ですが心は別のことを訴えている。彼女を自分のものにしたいという願いが芽生えているのを無視し続けることが難しくて、日々苛立ちが増している。彼女の優しさに触れると嬉しいと感じてしまう。それなのに、彼女を傷つけ遠ざけるような言葉を言ってしまった……。あなた子供ですか？　と言いたくなりますね」

「言ってるじゃないか」

「時折、女性用の髪留めを眺めては大切に保管されているのも知ってますよ。どこで入手したのかまでは訊かないでおきますが、捨てずにいるなんて、それだけでも特別な証ですねぇ」

「……」

本当は見ていたのではないだろうかと思うほど的確に指摘され、ジェラルドの表情は中途半端に強張った。ギュスターヴの目を直視しづらい。

「魔術師が厄介だというのは十分理解した」

数秒後、ようやく吐き出したのは肯定の言葉だった。ギュスターヴが小さく嘆息する。

「ですから、ちゃんと認めるべきだと言ったのですよ。ララローズ嬢はララローズ嬢であり、イングリッドではないと。彼女は、魔女の力を使えないようですし、ほとんど人間と変わりません。あるのは魔女の目だけでしょうね、今のところ」

「どういう意味だ、これからなにかできるとでも？」

「それは私もわかりませんが、多分なにもできないと思いますよ。魔女は愛する男ができると力を失うといいますし」

そろそろ話に飽きたのか、ギュスターヴは言葉を切り、作りかけの薬剤を調合し始める。小さな石臼《いしうす》に木の実のようなものをのせて潰し始めたのを眺めながら、ジェラルドは今しがた聞いたことを考えていた。

――愛する男ができると力を失う？　それはイングリッドも同じということか？

イングリッドがただひとり愛した男がエルンストならば、彼女はエルンストのために魔女であることをやめた。しかし裏切られた。イングリッドが払った代償は、ジェラルドが考えていたよりも大きかったのではないかと想像する。

「お前、何故そんな重要なことを言わなかった」

「はい？　なにかお伝えし忘れていたことありましたっけ」

手際よく調合しながらギュスターヴは首を傾げるが、もはやジェラルドへの興味を失っているようだ。薬棚から瓶に詰められた黒焦げのヤモリを取り出し、それを石臼で押し潰している。

ジェラルドは眉を顰《ひそ》めた。今なにを作っているのかわからないがろくなものではなさそうだ。

「邪魔をした」

踵を返し出口に向かう。その背に向けて、ギュスターヴが声をかけた。

「いいですか、陛下、頑固すぎると嫌われますからね。ちゃんとご自分の気持ちに素直になったほうがいいですよ。好きな女性に嫌われたくないなら、傷つけたことをきちんと謝ることです」

耳に痛い助言だ。

ジェラルドはひとつ頷き、そのまま塔を去った。

城内を歩きながら、ギュスターヴの言葉を頭の中で繰り返す。

――好きな女……好きな女だと？

この感情が恋だと言うなら、想像以上に厄介だ。自分がいつからラローズにそんな気持ちを抱いたのかもわからない。

恐らくはじめからだ。あの地下牢でラローズと再会したときから……いや、種はもっと前に蒔《ま》かれており、再会後に気持ちが芽吹いたのだ。

ジェラルドはラローズを自分のものだと感じていた。彼女にだけ劣情を抱くのだと自覚した瞬間にはもう手放したくないと思っていたのだろう。

どうでもいい相手を傷つけても罪悪感など抱かない。自分がラローズの傷ついた表情を見たくなくて逃げ出したのなら、やはり悪いのは自分であり、彼女への気持ちはギュスターヴが指摘したとおりのもの……。

心の奥の苛立ちが別のものに変わっていく。

逸る気持ちがジェラルドの歩く速度を上げた。遠ざけたいのに近づきたいなどと、矛盾しているにもほどがある。

「クソッ、なんて面倒な」

私室に戻り、寝室の扉を開く。物音を立てたらララローズを起こしてしまうかもしれない。きっと彼女はもう就寝しているだろうから。

案の定、彼女は寝台の上で眠っていた。そのことに、ジェラルドは安堵した。

ララローズが消えていない、ここにいる。思っていた以上に、彼女の存在が自分の中で大きくなっていたことに気づく。

――泣いた痕があるな。

頬に涙が流れた痕が残っている。それは間違いなく、自分が傷つけてしまった証だ。

濡れた睫毛《まつげ》に口づけを落としたい。零れる涙を舐めて、彼女の体液もすべて自分のものにできたらいい。

ララローズが躊躇いもなく自身の指を傷つけたときは、あまりのことに怒りを覚えた。

献身的と言えば聞こえはいいが、思い切りが良すぎるところが不安になる。ララローズの、自分の身体を傷つけることを厭わない態度は、ジェラルドにとっては恐怖だった。

――こんなにも感情を乱されるとは。なんて女だ。

忌々しい。今までは言葉通りの意味だったが、今は別の意味も含んでいる。

心を乱され、翻弄されているのに、目が離せない。目を離したくない。

湯浴みのとき、自分のために作られたキャンドルに驚かされた。興味のないふりをしたが、あれは気分が高揚したのを悟られたくなかったからだ。慣れない感覚に、ジェラルドも戸惑いを覚えていた。職務でもないのに、誰かがなにかを作ってくれたことなど、今まで経験したことがなかった。

他人に弱みを見せることは死に繋がることでもあるのに、ララローズに知られることは不快ではなかった。ジェラルドは、雷雨の夜はいつも以上に寝つきが悪く、寝不足になる。ララローズはそんな気分を慰め、癒やしてくれた。

――それを、つまらぬ感情で傷つけた。

自分自身の葛藤を彼女にぶつけ、逃げ出した。いくら不遜で傲慢なジェラルドでも、それがよろしくないことくらい理解している。

きっと戸惑っただろう。寸前まで漂っていた甘やかな空気を壊したのだ。ララローズが傷つかないはずはない。

彼女を起こさないように寝台に潜り、その顔を見つめる。ララローズは一度寝入ると眠りが深いらしく、少しの物音では起きなそうだった。

外は小雨に変わっていた。寝台脇のランプの灯を消し部屋を暗くしても、ララローズの表情は見える気がした。

触れたい衝動をぐっと堪える。毎夜のように身体を重ねていたのだ。彼女の温もりはすでに自分の身体に馴染んでいた。

——とっくに溺れていたなんて認めたくなかった。

だがその感情に名前を見つけてしまった今、ジェラルドはひとつの可能性に行き当たる。

イングリッドが残した厄介な呪い——。

愛する者ができたら、自分からその者の記憶が失われてしまう。

その呪いが自分を傷つける日が来るなど思ってもみなかった。

だが、その事実は今確実に、ジェラルドの体温を奪っていった。

第六章

翌朝、ラララローズが目を覚ますと、隣にジェラルドの姿はなかった。

——やっぱり帰ってこなかったのかな……。

夜、帰ってきたように感じていたが、錯覚だったらしい。冷たいシーツを撫でても温もりは感じられなかった。

窓の外はどんよりと曇っている。しとしとと降る雨は昨日より勢いをなくしているが、いまだにやみそうにない。

朝から憂鬱な気分だ。頭もすっきりせず、ジェラルドのことを思うと溜息が漏れる。

「仲直りしたいけど、私が謝るのも違う気がするし……」

圧倒的に会話が足りない。相手のことを理解したくても、相手から拒絶されてしまえばうまくいくわけがない。一方通行の想いをどうすればいいのか昨夜から考えているが、答えはなかなか見つからない。

——はぁ……とりあえず起きよう。

身体を起こし、寝台から下りる寸前、扉が前触れもなく開いた。

——っ、ジェラルド様？

一瞬、身を竦ませる。寝室に入ってきたのは、ジェラルドに少し似ているが彼ではなかった。だがジェラルドと同じ髪色と、緑色の目をしていた。王家の血筋の者だろうか。彼はジェラルドよりも線が細く、繊細な印象があり、二十歳前後に見える。

——誰？

声を発したはずだが、喉から掠《かす》れた息が漏れただけ。喉に違和感はないのに、何故か声が出なかった。

見知らぬ男は我が物顔で寝台に近づいてくる。ララローズは寝台の端に座ったまま、身動きが取れずにいた。

咄嗟に室内を見回す。先ほどまで雨がしとしとと降っていたが、その音がいつの間にかやんでいた。朝だったはずなのに、窓の外は深夜のように暗い。

滑らかな天鵞絨のカーテンはいつの間にか色が変わっている。いや、よく見ると壁紙も見慣れたものではなかった。壁にかかっている絵画も調度品も、ジェラルドの部屋に置かれているものより新しそうに見える。

——どういうこと？　なにが起きているの？

実はまだ自分は寝ているのだろうか。朝だと思ったけれど、夢の世界にいるのかもしれない。

慌てて瞼に触れてみるが、目はちゃんと開いている。手の甲をつねると痛みも感じられた。

男は、ふらふらと寝台に腰掛けた。よく見ると、蒼白な顔をして、見るからに具合が悪そうだ。眉根を寄せてなにかを堪えている。

おもむろに重そうな上衣を乱雑に脱いだ。男が身に着けている服は、ララローズの祖父の時代に流行していた意匠と特徴が似ている。

――もしかして……？

長い髪をひとつに結んだ、ジェラルドより繊細な美貌を持つ男。あり得ないと思いつつも、ララローズはひとつの可能性を思いついた。

いつもジェラルドが眠る場所に寝転んだ男を、ララローズは物音を立てないように観察する。

苦しげな息を吐き出す彼は、意識的に呼吸を整えようとしているようだ。

明らかに様子がおかしい。もしや毒でも盛られたのではないか？

不安を感じたところで、寝室の扉が静かに開いた。

ショールを纏う女がいた。美しい顔立ちだが、まだあどけなさが残る娘だ。

だが扉を閉めた彼女がショールを床に落とすと、その下から、艶めかしい肢体が姿を現した。彼女は、肌が透けるほどの薄い夜着しか纏っていない。まるで新婚初夜に花嫁が纏うような扇情的《せんじょう》な夜着だと思い至り、ララローズの喉がひゅっと詰まった。

その美しい少女は薄い笑みを浮かべていた。目の奥に生気は感じられず、まさに精巧な人形が命令通りに動いているかのようだ。

『……マージョリー……』

男が苦しげに少女の名を呼んだ。なんとか身体を動かそうとしているが、指一本でさえ動かすのが億劫そうだった。やはり痺れ薬でも盛られたのかもしれない。

――いいえ、多分それだけじゃないわ。

固唾《かたず》を呑んで見守る中、マージョリーと呼ばれた少女は愛らしく首を傾げて、男に微笑んだ。

『お辛いでしょう、エルンスト様。わたくしがすぐに慰めて差し上げますわ。大丈夫、エルンスト様はなにもしなくていいの。全部わたくしに任せて』

純真な少女のようだった微笑が一転、娼婦のように見えた。

ララローズが思ったとおり、この男はエルンストだ。つまり、イングリッドが愛していた男であり、ジェラルドの曾祖父にあたる男。

では、マージョリーと呼ばれた少女は何者なのか。エルンストが結婚した正妃の名前が思い出せない。マージョリーだったろうか。

『やめろ、私に触れるな……っ』

エルンストが必死に少女を拒絶するが、彼女はエルンストの服を乱し始める。上半身の釦をすべて外し終えると、自身の夜着もすべて脱ぎ去り一糸纏わぬ姿となった。

ララローズの頭に「まさか」と最悪の事態がよぎった。

まだ十代にしか見えない少女が唇に婀娜《あだ》めいた笑みをのせ、エルンストの性器を弄りだす。

薬で身体の自由を奪われ、もしかしたら媚薬も盛られたのかもしれない。彼は嫌悪感を露わにしつつも、身体は真逆に反応していた。無理やり勃起させられて気持ち悪いと言いたげに、エルンストは少女を睨んでいた。

『大丈夫ですわ、すぐに楽になりますから……』

マージョリーがエルンストの腰をまたぎ、彼の楔を呑み込んでいく。エルンストは歯を食いしばって逃れようとするが、逃がさないとばかりに腰を振り出した。

――気持ち悪い……、こんなの間違ってる……！

言いようのない嫌悪感と吐き気が込みあげてくる。ララローズは声を漏らさないよう、自身の口を手で覆った。

その手が涙で濡れていることに気づいたのは、マージョリーが結合を解いたときだ。エルンストは身体を動かせぬまま気絶していた。

彼の顔を愛しげに見つめる少女がゾッとするほど恐ろしい。女の醜悪《しゅうあく》な一面が凝縮された毒花のようだ。彼女の目に宿る熱がどろりとした不快なものに思えた。だがその目はエルンストから逸れると、途端に熱が消えて虚《うつ》ろになる。

マージョリーは下腹に手を添えて呟いた。

『これでこの子はあなたの子……』

そっと撫でるその手つきは、まるで妊婦のようで――。

ラララローズは全身から冷や汗が噴き出そうになった。産毛が総毛立ち、震えが止まらなくなる。

これがただの夢なら妄想で済ませられる。だがきっと夢ではない。こんなにも現実味のあるはっきりした夢があるだろうか。

エルンストの正妃が本当にマージョリーという名前だったら、これはすべて過去に起こった事実なのかもしれない。どういうわけか、ラララローズは過去にこの部屋で起こった出来事を視ているのだ。

マージョリーが出て行った直後、ラララローズは慌てて寝台から離れた。窓辺に身を寄せて、両腕で身体を抱きしめる。

――とんでもない事実を知ってしまったのかもしれない……。

頭の中を整理する間もなく、ふたたび場面が変わった。

部屋の壁紙も別のものになっている。

寝台の上には夫婦と見られる男女が眠っていた。朝になり、男は女を見て急に、驚きに顔を歪めた。

『お前は誰だ！』

起き上がった男の顔は、ラローズも肖像画をよく目にしていたからわかる。先代国王、つまりジェラルドの実父だ。そして彼の隣に眠っていたのは王妃だろう。

彼女は自分を糾弾する男を見て、静かに涙した。いつかこの日が来るとわかっていたとでも言いたげな表情で、苦悶に顔を歪め、枕の下から短剣を取り出す。

『ついにこの日が来たのね……。待ってて、あなたとの約束を果たすから』

覚悟はしていたけれど、あなたからそんな目で見られるのは想像以上に苦しいわ……、と呟いた瞬間、王妃は男の心臓めがけて短剣を突き刺した。

――っ！

ラローズはあまりの惨状にただ震えることしかできないでいた。そのうちに、物音を聞きつけたのか、外から慌ただしい足音が響いてきた。部屋に真っ先に入ってきたのは、まだ少年のジェラルドだ。

『父上、母上――っ』

まだ、表情にあどけなさを残すジェラルドが驚愕に顔を歪ませた。室内には血の臭いが充満し、床も寝台も血でべっとりと汚れている。

『……陛下に忘れられちゃったの。ついにこの日が来てしまったわ。だから約束通りに殺してあげたの。待ってて陛下、今私も――』

虚ろな目をした王妃が、自身の頸動脈を切った。血しぶきが舞い、白いシーツを鮮血で染める。

突然、母親が目の前で自殺を図っても、ジェラルドは泣き出しもしなかった。唖然としたのも一瞬で、彼は静かに二人の脈をはかっていた。

そして続いて入ってきた者たちに、二人が死んだことを告げた。その表情も声音も、十四歳の少年とは思えないほどしっかりしていて――ララローズは彼を抱きしめてあげたくなる。

――見なくていいのに、こんなひどい出来事をひとりで背負わなくていいのに……。

強く抱きしめて無残な死から目を逸らさせて、両親を失った悲しみを癒やしてあげたい。けれどララローズが十四歳の彼に触れることはできない。これは魔女の目が視せているこの部屋の過去なのだから。

嗚咽《おえつ》を必死に堪える。両膝を立ててギュッと身体を丸め、額を膝につけた。

何故こんな不思議な体験をしているのかもわからない。ただの夢でも幻でもないことは確実だ。あの姿はジェラルドに間違いない。彼が語った過去と一致しているのだから。

——ああ、どうしてみんな幸せになれないんだろう……。

ただ平和に、幸せに生きることがこんなに難しいだなんて。愛する人といたいだけなのに、そんな些細な願いすら叶えられない。

これがイングリッドの呪いの結果なのだろうか。愛する人の記憶を奪うことの罪深さを目の当たりにして、深く息を吐く。

けれどひとつ、誰も知らない事実を見てしまった。恐らくジェラルドやエルンスト自身も知らない秘密だ。

——マージョリーが宿していたのはエルンストの子供ではなかった……。

彼女がエルンストを無理やり襲ったとき、すでに彼女のお腹には別の人との子供が宿っていたはずだ。恐らく妊娠初期の段階で、多少生まれ月が早まっても騙せるくらいの……。

それにエルンストは、薬で朦朧としており、事後に気絶していたのならマージョリーの呟きを聞いていないだろう。彼女がずっと黙っていれば、まんまとエルンストの子供として育てられたはずだ。

——では、イングリッドもエルンストも、被害者ってこと？

しかし呪いが本物ならば、イングリッドは加害者のままだ。かわいそうなのはエルンストただひとりになる。

そしてイングリッドの腹には彼の娘、アネモネがいたことをエルンストは知らない。エルンストのただひとりの娘であり、王位継承権が与えられていたであろう唯一のヴェスビアス王家の直系の姫……。その事実がラララローズに重くのしかかる。

——待って……、待って待って！　なんてことなの……！

そうなると、ジェラルドも先代国王も、王家の血を引いていない。エルンストの血を引くのはイングリッドの娘であるアネモネ、ラララローズの母デイジー、そしてラララローズと年の離れた弟のみ。

この仮説はただの仮説ではない。限りなく真実に近い。

それをひとりで抱えるのは重すぎて、どうしていいかわからなくなる。

ふと、ラララローズの耳に遠くから雨音が響いてきた。

サーサーと降る雨の音を聞いていると、今自分がどこにいるのかわからなくなった。

膝に額をつけていた頭をゆっくり上げる。どれくらい窓辺の床に座り込んでいたのだろう。お尻と首が少し痛い。

恐る恐る室内を見回すが、部屋の壁紙はラララローズがよく知るものだった。調度品も絵画も、そして寝台も。血しぶきの痕もなければ、血の臭いも感じない。

「……戻ってきた？」

そっと瞼に触れる。目はもう過去の記憶は視ていないが、じんわりと熱を帯びているようだ。

目の奥がズキンと痛んだ。起きたばかりなのに、ずっと目を酷使したような怠さを感じる。やがてそれは頭痛となり、こめかみあたりが鈍く痛むようになった。

「……っ、頭が痛い……」

きっとこれは魔女の目を使った代償だ。慣れないことをして、身体に影響が出ているのだろう。

どうしてこんなことができたのかはわからない。視たいとは思ってもいなかったはずだが、ジェラルドとのことを考えるうちに真実が知りたくなったのだろうか。

――自分ひとりで抱えきれないほどの真実なら、知るべきではなかったかもしれない……。世の中知らない方が幸せなことだってあるのに、本当、私ってバカみたい……。

面倒ごとを進んで選びとっている気がする。だが真実を知らなかったときに戻りたいとも思わない。

よろりと立ち上がり、水差しを探す。グラス一杯の水を飲んだが、頭痛と気持ち悪さは消えてくれない。

薬が欲しい。だが生憎頭痛に効く薬は手元になかった。

――薬をもらいに行かないと。

ララローズの行動範囲はある程度広がってはいるが、毎日の食事や足りない日用品は外の見張りの騎士かジェラルドの側近に伝えるよう言われている。自分で直接取りに行く方が早いのだが、見張りのいないところで勝手に動かれては困るのだろう。アロマキャンドルに使用したグラスは見張りの騎士と共に厨房まで直接もらいに出向いたが。

もどかしい気持ちになり、そっと溜息をひとつ吐いた。いい加減この生活に慣れてきてはいるが、人を頼るというのは気を使う。

ジェラルドの執務室に行くと、そこには宰相のラウルがいた。普段ジェラルドは執務室にほとんどいないため、人がいたことに驚く。ジェラルドに頼まれて書類でも確認していたのだろうか。

「こんにちは、ララローズさん。顔色が優れないようですが、大丈夫ですか？」

寝間着から着替えてはいるが、寝起きの顔を見られるのは少々気恥ずかしい。気まずい気持ちを隠し、ラウルに挨拶を返す。

「こんにちは。……実は頭痛がひどくて……、頭痛薬をもらいに行こうかと思っています」

「それはお辛いですね。薬は私が持ってきますよ。私は頭痛持ちで予備の薬を持っていますから。あなたはここで休んでいてください」

遠慮しようとしたが、ラウルはすぐに部屋を出てしまった。自分の声すら頭に響くため、ララローズは大人しく執務室の長椅子に座り、ラウルが戻るのを待つ。

窓の外から雨音が聞こえてくる。サーサーと流れる雨が窓ガラスを打ちつけていた。

──まだ雨は続きそうね。

痛みを堪えながら、先ほどまで視ていた不思議な過去の光景を思い出す。現実の雨音に気づかなければ、現実に戻ってくるのが遅れたに違いない。音の力というのは大きいのだろう。名前を呼ばれるのが一番影響力があるが。

──って、あれ？　私どうしてそんなことわかるのかしら。

頭をひねるが、頭痛が邪魔をしてうまく考えられない。だが、慣れないことを無意識のうちにしてしまった代償が頭痛だけで済んでいるのは喜ぶべきことなのかもしれない。

ほどなくして、ラウルが戻ってきた。手ぶらではなく、新しい水差しの他に食事やお茶まで用意してくれたらしい。

「朝ごはんもまだですよね。空腹のまま薬を飲むと胃を痛めるので、食後に飲んでください」

「わざわざありがとうございます」

長椅子の前に食事が並べられる。体調が優れないと思ったからか、消化しやすいスープと柔らかいパンやオムレツが用意されていた。

「これは？」

「身体を温めるハーブティーです。女性は身体を冷やすのもよろしくないので。こんな天気ですから、不調になりやすいですし」

ラウルが外に視線を移した。雨雲はまだ去ってくれない。

――確かに、雨の日になると具合が悪くなる人がいたわね……。

侍女仲間が雨の日に頭痛がすると言っていたのを思い出す。ララローズはそのような不調を感じたことはなかったが、体調が天気に左右されるというのは辛そうだ。

忙しい中時間を作ってくれたラウルにお礼を言い、書類を持って出て行く姿を見送った。

やはりただ必要なものを取りに来ただけだったらしい。

「余計なお手間を取らせてしまったわ。後で怒られなければいいけれど……」

急ぎの案件ならさすがにララローズに時間を割かないと思うが。ジェラルドから嫌味を言われていないといいのだが。

空腹だった胃が膨れてから、ラウルが用意してくれた頭痛薬を水と一緒に飲む。即効性があるわけではないだろうが、時間とともに良くなるだろう。

それから、少し冷めたハーブティーを飲もうとカップに注ぐ。

「いい匂い……だけどちょっと変……？」

香りは嗅ぎ慣れたものだが、なにかが気になった。ポットの蓋を開けて中を確認する。

――嗅ぎ慣れないものが混じっている気がする……。普通は飲まないハーブまであるような……。

毒草ではなさそうだが、なにか気になる。ララローズはハーブティーを一口含み、舌の上で味わった。

特別変わった感覚はない。舌が痺れるような刺激もなければ、おかしな臭いも感じられない。問題ないだろうと飲み込んでみたが、どこかで嗅いだことのあるハーブが混ざっている気がして落ち着かない。

「……あ、わかった。整腸薬のハーブだわ」

お腹の調子を整えたいときに使うハーブだ。独特な風味がするし、こうして他のハーブと一緒に飲むことはほとんどない。香りの強いものに混じっているから、普通なら気づかないだろうが、そんなほのかな匂いをラララローズは嗅ぎ取っていた。

「って、なんでそんなものが混じっているの。私、便秘ぎみだと思われたのかしら」

頭痛としか言っていないのに。そんな気遣いは少々気恥ずかしく感じる。

だが、このハーブは加減が難しい。多く摂りすぎるとお腹を下す羽目になる。他のハーブに混じっているためどのくらいの量が入っているかわからないが、その他のハーブと飲み合わせが悪かった場合はさらに体調が悪化するだろう。

――人を疑うのは良くないけれど……。これを誰が用意したのかもわからないし……。

ラウルはただ持ってきてくれただけかもしれないし、お茶を用意したのが別の人物の可能性は十分ある。

ラララローズが気を付ければいいだけのことだ。全部飲み干したふりをして、申し訳ない

が残りのお茶はこっそり窓から捨てることにした。雨とともに流れて誰にも気づかれない
だろう。
——ちょっと気をつけよう。今さらな気もするけれど、嫌がらせだけでは済まないこと
もあるだろうし。
忘れてはいけない。王城は魔窟なのだ。華々しい分、人の憎悪や負の感情が蠢く場所。
城で働く臣下も、ジェラルドの味方ばかりとは限らないのだ。
——少し前までは、見ざる聞かざるでのうのうと侍女生活を送ってきたけれど、悪い噂
もよく耳にしていたじゃない。油断したら足をすくわれるんだってわかっていたはずなの
に、忘れそうになっていたわ。
強烈な人物が傍にいたせいだ。ジェラルド以上に自分の命を脅かす人間はいないと思っ
ていたが、油断は禁物である。

改めてそう思うと、先ほど食べた朝食に毒が仕込まれていなかったか気になってきたが、
今のところ不調は感じられない。

——邪魔になって殺すなら即効性のある毒を使うでしょうし、とりあえず大丈夫かしら。
しばらくそわそわと落ち着かない心地でいたが、そうこうしているうちに頭痛は治った
ようだった。

だがその日の昼と夜、ララローズの食事に微量の毒物が混ざり始めた。整腸薬よりも刺

激が強く、お腹の調子を壊すものだ。

微量でも摂り続ければ衰弱してしまう。スープは毒物を混ぜやすいので、口にしないようにした。

魔女の血を引いているからなのか、植物性の毒物は嗅ぎ分けることができるらしい。人より嗅覚が優れていると感じたことはなかったが、魔女の目を使い始めてから感覚が研ぎ澄まされてきたように感じる。

——ジェラルド様に報告した方がいいのかしら……余計なことだと思われそうだけど。

昨夜から顔を合わせていない。

今夜彼は部屋に戻ってくるのだろうか。それとも城の空いた部屋で一夜を明かすのだろうか。

悶々としたまま湯を使い、身体を清めた。ジェラルドに言えないことが増えていく。

どこまで明かせばいいのかわからない。すべてを打ち明けられないのは、ジェラルドのことを信じていないからか、負担に思われたくないからか。

——両方？　いいえ、私を信用してくれるかどうか、自信がないという気持ちの方が大きいわ。

真実を語って嘘だと言われるのが辛い。結局、ジェラルドの信頼を得られているのかわからないため、話せることも制限されてくるのだ。

今夜は雷雨にはならないだろう。分厚い雲が空を覆っているが、雨は上がっている。

星空が見えない夜はどこか不安な気持ちになる。綺麗な月が見えない夜も。そんな感覚があることが不思議だが、もしかしたらこれも魔女の血からくるものなのかもしれないと思いながらカーテンを引いた。

直後、寝室の扉が開いた。ララローズは少し緊張しながら後ろを振り返る。

「お、帰りなさい、ジェラルド様」

丸一日ぶりに目にするジェラルドだった。普段通りの表情だが、どことなく複雑な空気を纏っている。

——不機嫌、とは違う。なんだろう？　なにか気になることがあるのかしら？

大股で近づかれ、ララローズは思わず姿勢を正した。

「今日の食事を半分残したらしいな。頭痛もあったそうだが、身体はどうなんだ？」

まさか体調を心配されるとは思わず、ララローズは目を瞬いた。

「ええ、はい。頭痛は大丈夫です、ラウル様に頭痛薬を分けていただいて」

「食事は」

「……ちょっと食べすぎ……いえ、お腹が減ってなかったので」

下手な言い訳をした直後、ララローズの素直な腹が「ぐう～」と鳴った。

——太ったから痩せようと思ってって言えばよかった！

今さらごまかしたところで、不審に思われるだけだろう。ジェラルドも馬鹿ではない。明らかになにかをごまかした様子に、彼の眉間に皺がギュッと寄った。

「ララローズ。俺は嘘が嫌いだ」

「……はい、存じております」

「はいかいいえで答えろ。食事に毒でも混ざっていたのか？」

――これ、地下牢での尋問みたいだわ。

頭の片隅でそんなことを思い出しながら、ララローズは俯きながら渋々「はい」と小さな声で答えた。

盛大な舌打ちが聞こえる。不機嫌な様子に思わず肩がびくっと震えた。

「ごめんなさい、怒ってますか？」

「お前に苛立っているわけではない。……だがお前も何故平然としている。俺が問い詰めなければ自分からは言わないつもりだっただろう」

「え……っと」

はい、そうです。とは言いづらい。だが嘘はつくなと言われたので、ララローズは仕方なく「そうですね」と認めたら、じろりと睨まれてしまった。

――結局私にも怒ってるじゃない！

鋭い眼差しを向けられると、悪いことをしていなくてもすべて自分が悪かったと言いそうになる。視線を合わせづらく、この場をどう乗り切るかを考えていた。

「それで、具合は悪くないんだな」

「ええ、大丈夫です。特に不調はないので」

「そうか、ならよかった」

ジェラルドはくるりと踵を返し、部屋を出て行った。

「……そんなことを訊きにわざわざ戻ってきたの？」

彼の行動原理がまだ摑めない。だが自分を心配してくれたことは伝わってきた。くすぐったい気持ちがじわじわとせり上がってくる。昨夜は気まずい空気を感じていたが、もう仲直りができたということだろうか。

しかしラランローズが眠るまでジェラルドは寝室に戻ってこなかった。やはり別の部屋で眠るのだろうと、どこか諦めと寂しさを抱きながら、ラランローズは眠りに落ちた。

翌朝になると、ラランローズの隣にはジェラルドが眠っていた。

戻ってきたのだと安堵する。やはりジェラルドがいない寝台は寂しいと思っていたのだ。

ジェラルドが起きるまで彼の寝顔を堪能しよう。

ララローズが密かに寝顔を見つめ続けていると、やがて彼の瞼がぴくりと動いた。

――あ、お目覚めかしら。

今朝は一番に朝の挨拶ができる。そのささやかなことが嬉しいと思うのだから、恋というのはつくづく不思議な感情だ。

彼がぼんやりと目を開けた。その様子を見つめながら、ララローズはジェラルドに声をかける。

「おはようございます、ジェラルド様」

よく眠れただろうか、疲れは取れただろうか。

すぐに、彼を気遣う気持ちがわいてくる。今日のように朝早くに起きた彼は、ララローズに湯浴みの手伝いをさせることが多い。今朝もその流れになるだろうと思っていたが、ジェラルドの目を見た瞬間、ララローズは唐突に悟った。

――この目……。

背筋に冷や汗が流れる。

冷たい水を一気飲みしたような冷気が腹の底まで瞬時に流れた。

「お前は誰だ？」

ジェラルドの視線が険しい。

普段の鋭い眼差しとも違う。今彼が向けているのは見知らぬ不審者に向ける目だ。

過去、王妃が体験したことを自分も体験しているのだと気づく。

心臓が大きく脈打ち、緊張感から身体が震えだしそうになった。

「……あの、ジェラルド様？」

「俺の名を呼ぶことを誰が許した？　王の寝所に無断で入った不届き者が」

声を荒らげたわけではない。だが抜き身の剣のような鋭い殺意が向けられ、ララローズは一瞬で命の危険を察した。

――どうしよう、声が出ない。

驚きすぎたからか、掠れた音が喉から漏れるだけだ。

ジェラルドが寝室の扉を開ける。

「出て行け。さもなくば投獄するぞ」

嘘でも冗談でもない。このままここに留まっていたら、本気で投獄されてしまうだろう。もしも投獄されてしまったら、今度こそ処刑されてしまうかもしれない。

ララローズは「わかりました、荷物だけまとめさせてください」と言い、急いで私物をかき集めた。

着替えの服を鞄に詰め込み、少ない私物を持って寝間着のままジェラルドの部屋を後にする。

寝間着姿のままジェラルドの部屋から出てきたララローズに、見張りの騎士がギョッと目を丸くする。

「あの、なにかありましたか」

この部屋に滞在するようになってから、少しずつ気にかけてくれるようになった騎士に、ララローズはへらりと笑ってみせる。

「あの、どこかの空き部屋で着替えてきますね」

見張りの騎士のひとりが背後からついてくる。適度な距離がありがたい。

お仕着せ姿のままでは外に出られないので、ララローズは私物の中から簡素なドレスに着替えた。顔を洗い、身支度を整えると、なにか言いたげな騎士にお願いをする。

「私、お暇を出されちゃいました。実家に帰ろうと思うんですけど、馬車の手配ってどなたかにお願いできますか？」

「え……!?　本当ですか……？　急ですね。マティアス様に至急確認してまいります」

「ありがとうございます」

空き部屋に入り扉を閉めたララローズは、ひとり深呼吸を繰り返す。

「そっちがそのつもりなら、こっちだって出て行ってやろうじゃないの」

ジェラルドが記憶をなくしたというのは本当だとは思えない。何故なら彼が自分を愛しているなんて思えないからだ。

――でも、城から追い出したいのは本当なんでしょうね。

いきなりそんな態度を取られるほど嫌なことをしただろうか。目頭がじんわりと熱くなりそうなのをグッと堪える。この場で無様な姿など見せたくない。

——いい方に考えよう。里帰りだってずっとしていなかったじゃない。

そうだ。実家の母に直接会えば、イングリッドについて新たな情報を得られるかもしれない。ジェラルドと離れてゆっくり考える時間も必要だ。

だが、その後もう一度王城に来られるかどうかはわからない。この城の主が出て行けと言ったのだから、ふたたび登城するのは難しいだろう。

すぐに馬車の用意が調い、ララローズは数年勤めていた城を後にする。

あっけない別れだ。しかし、馬車に揺られながら、ララローズは自分を追い出したジェラルドの真意を考えていた。

第七章

ヴェスビアス国の東は海に面している。

渓谷に建てられた城では感じられない海の香りと潮風を堪能しながら、ラローズは祖母の家を訪ねていた。

城から追い出された後、実家のコルネリウス領に向かおうとしていたが、行き先を変更し、祖母が住む海沿いの街にやってきていた。母が手紙以上の情報を持っているかわからなかったので、まずはイングリッドの娘である祖母に直接確認しようと思ったのだ。なにか有益な手掛かりが得られるかもしれない。

祖父は数年前に他界している。七十歳を過ぎた祖母は通いのお手伝いさんの手を借りながら、ひっそりとひとり暮らしをしていた。

記憶の中より小さくなった祖母の姿を見ると、月日の流れを感じた。それでも祖母は足腰も丈夫で元気に暮らしている。

「そろそろやってくると思っていたわ」

突然の来訪にも驚くことなく、祖母は作りたてのデザートを振る舞ってくれた。揚げた生地と甘いチーズやレモンピールから作られたヴェスビアス国の伝統的な郷土菓子だ。

――まるで未来がわかっていたような言い方だわ。

こんなふうに突然の来訪を予期していたときや勘がいいときは、やはり魔女の血を引いているのだと思わされる。

ララローズは甘酸っぱい木苺のジャムがかけられた伝統の郷土菓子と、祖母が育てたハーブのお茶をありがたくいただくことにする。

「おいしい……！　とてもおいしいわ、おばあ様」

「そう、それはよかったわ。おかわりもあるわ、遠慮しないで食べなさいね」

ふわりと微笑まれて、心の重荷が軽くなった気がした。

のんびりとした時間を過ごしたいのはやまやまだが、気になることは早く聞いておきたい。ララローズは菓子とお茶をすべて平らげ、二杯目のお茶に口を付けたところで本題に入った。

「多分、おばあ様のことだから私がここに来た理由はもうわかっていると思うけど、王家とイングリッドについて教えてほしいの」

「あなたが知りたいのは、王家にかけられた呪いのことだね？」

祖母の問いに頷く。

「そうねぇ、あなたはどこまで知っているのかしら」

ララローズはこれまで自分が知ったことと、そこから想像していることをはじめて語った。呪いはいまだに続いておりジェラルドの上半身に模様が浮かんでいること、呪いを解くにはイングリッドとエルンストの子孫が結ばれる必要があるらしいこと。そして、魔女の目で視た、衝撃的な過去の出来事を。

「……エルンスト陛下は誰かに薬を盛られて、無理やり既成事実を作らされたようだったわ。そして正妃になったマージョリーのお腹には、エルンスト陛下と関係を持つ前に、別の男性との子供がいるようだった。その子供をエルンスト陛下の子供と偽ったのだと思うの。もちろん、私の夢か妄想という可能性もあるけれど、後で調べたらエルンスト陛下の正妃は確かにマージョリーという名前だった。それならあの光景は嘘とは思えないわ」

祖母がララローズの目を見つめてくる。こうして祖母と目を合わせると、祖母の目にも星が宿されているのだとわかる。緑の瞳に銀の星……緑の瞳は、エルンストと同じ色だ。

「それは実際にその部屋で起きたことでしょうね。私にも似たような経験があるわ。あなたが視たのは確かに過去の出来事よ。マージョリー妃が産んだ子供はエルンスト陛下の血は引いていないわ」

「っ！」

実際に肯定されると、他人の秘密を勝手に覗いてしまったという後ろめたさに襲われる。

恐らくジェラルドさえ知らないであろう、重大な秘密だ。

だが何故祖母は断言できるのだろう。やはりラララローズがまだ知らない事実を知っているのかもしれない。祖母が口を開くのを、ラララローズは静かに待った。

「……どこから話そうかしらね。やはりお母様……イングリッドの呪いからかしら。ラララローズは、イングリッドがかけた呪いは、王家の男の寿命を奪い、愛する女に関する記憶を失わせるものだと思っているわね？」

「ええ、そうよ。違うの？」

「私は少し違うと思っているわ。イングリッドは寿命を奪う呪いなどかけていなくて、愛する者に関する記憶を奪う呪いだけをかけた。でもそれをかけたのはエルンスト陛下にではなく、イングリッドから彼を奪ったマージョリー妃によ」

「ええ!?」

思いもしないことを言われ、ラララローズは思わず声を上げた。

その驚きなど予想通りなのだろう。祖母は、空になったカップに平然とハーブティーを注いでいる。

「考えてもみなさいな。人の寿命を奪うほどの呪いなんて、かける側にも相応の代償が求められるわ。普通は術者の命を代償にするけれど、子孫にまで受け継がれるほどの呪いなら、イングリッドの子供である私たちも三十までしか生きられないはず。けれど私はこのとおり、いまだに健康そのものだわ」

「じゃあ、嘘だったってこと？　イングリッドが『エルンスト陛下の命を奪ってやる』って言ったのははったり？」

「そうね。まったく褒められたことではないけれど、悔しかったのでしょうね。裏切られて頭に血が上って悔し紛れにそんな言葉を吐いたのでしょう。でも、魔女の言葉には人間以上の効力あるわ。言葉の力は馬鹿にできないの。実際に子孫を呪う力などなくても、エルンスト陛下を不幸にするだけの呪いではあったし、こうして四代目にまで呪いの影響が続いている」

「……つまり、呪いを受け取った側が呪われたと信じてしまえば、実際そうでなくても、呪われたのと同じくらいの効力があるということ？」

「同等とまではいかないでしょうけれど、影響は受けたと思うわ。人間がそう思い込むことで発揮される力というものも存在するのだから」

ゆっくりお茶を飲むアネモネを見て、ララローズも落ち着くためにお茶を飲んだ。これまで信じていたことがまったく違うと言われ、うまく考えをまとめられない。

「ではイングリッドがかけた呪いは、愛する人に関わる記憶を失わせるという呪いだけ？それもエルンスト陛下ではなくマージョリー妃にってどうして？」

「イングリッドは亡くなってしまっているから、誰も本当の答えはわからない。でも、これは私の考えだけれど、イングリッドは彼の妻になる女から、彼の記憶を奪うことで女の本当の気持ちを確かめようとしたのかもしれないわ。本当に好きな相手ならもう一度好きになるだろうって思ったのかも。もしくは、好きな相手から他人のように見られる絶望を、エルンストに味わわせようとしたのかもしれない。苛烈で激しい愛情を秘めた人だったから。もしエルンスト陛下の子孫に呪いがかかっているのなら、私たちにかかっていないといけないわ。私たちは短命ではないでしょう？　愛する記憶を失っていたりするかしら？」

そう問われ、ララローズは首を横に振った。愛する人で真っ先に思い浮かぶのは、家族とジェラルド。愛する男性は、父以外ではジェラルドだけだが、彼の記憶は残っている。

――イングリッドがマージョリーに呪いをかけて、その子孫にまで呪いが続いているってこと？　でも子孫にまで続くなんて代償が必要になるのでは……混乱してきたわ。

マージョリーの子孫に受け継がれる呪いだったのなら、ジェラルドにまで受け継がれているのも納得がいく。だが、その呪いは本当にかけられたままなのだろうか。

「子孫にまで受け継がれる呪いなら、イングリッドの血を引く私たちもなにかしらの代償を支払っているはずだからマージョリーにしか呪いをかけていない、ということ？」

「その可能性が高いと思うわ。もちろん、証拠などないけれど」

数日前ジェラルドがララローズを追い出したとき、彼がララローズに関する記憶を失ったと言ったのは嘘だとはっきりわかっていた。彼がどういうつもりでララローズを追い出したのかはわからないが、なにか彼なりの理由があるのだろう。嫌われたわけではないと思いたい。

――でも、呪いが関係なかったらジェラルド様の身体の模様は一体なに？　いいえ、それよりも、歴代の国王陛下の短命にも理由がつけられないわ。それに先代国王だって、記憶をなくしたから王妃に殺されたのに。

「でも、呪いが関係なかったら、今までの国王陛下の短命や悲劇に理由がつけられないわ。だって、エルンスト陛下の息子も孫も、皆短命でしょう。それに先代国王は記憶をなくしたせいで王妃に刺殺されているのだもの」

「ララローズ、記憶をなくしたということをどうやって証明できるか、考えたことはある？」

「え？」

「人間というのは実に面白い生き物なのよ。たとえば自分に嘘をついて、その嘘を信じ続ければそれが本当だと思い込むこともできる。そのうちそれが嘘だということも忘れてしまう。それと同じことが起きたとしても不思議ではないわ。愛する人の記憶をなくすかもしれないという恐怖で自分から記憶を消してしまうかもしれないし、奪われるくらいなら自分で消えたふりをして相手を遠ざけようとする人がいてもおかしくない」

ララローズの心臓がドクンと跳ねた。

──先代国王は、三十で寿命が尽きると信じていて、愛する人に関する記憶も奪われるのだと怯えていたのだとしたら。

自分自身でも気づかぬうちに暗示をかけてしまうことも不可能ではなさそうだ。

「けれど、肌に浮かぶ呪いの模様は思い込みだけでは難しいと思うわ」

「呪いというのは、本当にかけられているかが重要なのではなく、かけられていると信じ込むことで効力が生まれるのだと思うわ。呪いの模様は確かに不思議だけれど。もしかしたら王家に魔術師の血が入っているのかもしれないわね。呪いをかけられているという気持ちが、模様として現れているのかもしれないわ」

「記憶はそうだとしても、寿命はどう説明できるの？　先代も先々代も国王は三十歳までしか生きられていないわよ？」

「その呪いを利用して殺されたという可能性はないかしら」

「……っ！」

ララローズは息を呑んだ。

そんな恐ろしい可能性など考えもしなかった。なにせ今までイングリッドの呪いだと思っていたのだから。

「……呪いのことを知っているのは国王の側近と数名の大臣のみだと聞いているわ。つまりその中の誰かに殺された可能性があるってことね」

そんなことがないとは言えない。一度その可能性を知ると、呪いで死んだと言われるより現実味がある気がする。

国王が三十歳で亡くなるなら、国王を支える者たちが国の舵《かじ》取《と》りをすることになる。つまり、幼い王子が即位するまで、実質的な権力者になれる。それを喜ぶ人物……。

「元老院……の中でも一番発言権が強いのは、リヴィエール侯爵……？」

歴代の宰相を輩出している侯爵家だ。現宰相であるラウルももちろん、リヴィエールの当主である。

ララローズの背筋に冷たい汗が流れた。突然食事に毒を仕込まれたのも、もしかしたらラウルが関わっている可能性が高い。

「ララローズ。私は大切な娘も孫娘も、王家の揉めごとに巻き込みたくはなかったのよ。でもダメね、やっぱり因果はきちんと清算しないといけないみたいだわ。私たちに流れる血は、イングリッドとヴェスビアス王家のものだから」

テーブルの上でギュッと握りしめていたララローズの手に、祖母が柔らかく触れてきた。皺の刻まれた手には今までの苦労が感じられる。本来であれば彼女こそが本当の王女なのだから、こんなに苦労を重ねなくてもいい人生だったのかもしれない。

――温かい。

ララローズは、祖母の手にもう片方の手を重ねた。彼女の手を温めるように、しっかり向き合う。

「大丈夫よ、おばあ様。私は十分逞しく生きているわ。衝撃的な事実に折れてしまうほど繊細でないのはわかっているでしょう？　だからお墓まで持って行こうと思っている秘密があるなら、今全部私に教えて。悪いようにはしないから」

「ほほほ、あなたは本当に逞しいわね。生命力に溢れたいい目をしているわ」

その後、祖母から告げられたのは、マージョリーのことだった。

エルンストの死後、祖母は、避暑地で静養していたマージョリーのもとに、商人だった彼女の夫とともに招かれたことがあったらしい。アネモネはそこではじめてマージョリーと会い、彼女の心の病に気づいた。

「当時彼女は五十歳ぐらいだったかしら。マージョリー妃の心はまるで少女のまま、人形のようだったわ。屋敷の使用人から、エルンスト陛下の話は禁句と言われていたけれど、彼女はとっくにエルンスト陛下の記憶を奪われていたのよ。そして私はそこで彼女の過去を視たわ。実の伯父に凌辱され続けてきたことも、その男の子供を身籠もってしまった絶望も」

魔女の目というのは、望んでいなくてもなんらかのきっかけで勝手に過去視をしてしまうらしい。

マージョリーは、忘れたい過去は忘れられず、忘れたくない記憶は奪われてしまったということか。

憎むべき悪女とだけ思えていたら楽だったのに……。ラローズはマージョリーが痛ましく感じられ、詰めていた息を細く吐いた。

「その伯父というのは、当時のリヴィエール侯爵ね？　マージョリー妃は確かリヴィエール侯爵の姪だったわ」

「ええ。そして私の推測だけれど、恐らくエルンスト陛下もその息子も、当時のリヴィエール侯爵の縁の者――一番可能性が高いのは彼の息子、その人に殺されたのかもしれないわ。もしも自分の父親と姪との間に生まれた不義の子が、王家の直系として育てられている事実を知ったら、後始末をしなくてはと考えても不思議ではないもの。短命の呪いを利用して」

マージョリーの従弟はラウルの祖父だ。まだ存命しているはず。ララローズは祖母の話を聞き、なんとなく腑に落ちた。

恐らくラウルがララローズの食事に薬を盛ったのだろう。すぐに命の危険はないものだったが、食事が怖くなり次第に衰弱してしまう可能性はあった。

――私が邪魔だったからってことよね。でも私はあの部屋に二か月ぐらいいたわけだし、なんで急に……。

疑問が尽きない。後ろめたいことを暴かれるかもしれないと思うきっかけがあったということだろうか。

——今は私のことよりも、エルンスト陛下とマージョリー妃のことだわ。

悲劇の始まりはどこだったのか。元を辿るとイングリッドばかりが元凶とも思えない。

「……私、皆被害者に思えてきたわ。誰が一番悪いのかなんてわからない。エルンスト陛下が悪いとも思えないし、マージョリー妃も被害者だもの。もちろんマージョリー妃は罪がないとは言えないけれど、一番罰せられるべきは、姪を手籠めにしていたリヴィエール侯爵ではないかしら。その男から負の連鎖が始まったのだから」

マージョリーはきっと、少女のときから心を壊していたのだろう。ラララローズが視たあのゾッとする光景は、彼女の歪な一面だった。

一度回ってしまった歯車は止まることができず今に至っている。いい加減この負の連鎖は止めなくてはならない。これ以上の不幸はもう見たくない。

「あなたは自分の幸せを一番に考えなさい。陛下を愛しているんでしょう?」

その問いに、ララローズは迷わず頷いた。

「ええ、愛しているわ。私、ジェラルド様の笑顔が見たいの」

その言葉はララローズの心にしっくりとしみ込んでいく。

——そっか。私は彼が心から笑う顔が見たいんだわ。

いつも眉間に皺を寄せた厳しい表情しか見ていない。無表情で不機嫌で苛立っていて、でも不器用な優しさを持っている。一番この呪いの輪から抜け出したいと願っている人。

「自分は三十で絶対に死なないと思っているくせに、記憶を奪われたくないから愛する人を作らない、ヴェスビアス王家は自分で最後だから子供もいらないって言うちょっと根暗で気難しい人だけど」

「……本当にその男でいいの？」

不安そうに見つめる祖母の手をギュッと握りながら、ララローズは力強く答える。

「いいの！　私がこれから幸せにしてあげたいの。でも王妃になりたいわけじゃないから、一緒になれるかはわからないけれど」

ジェラルドが幸せになってくれたらそれでいい。

彼に笑顔でいてほしい。未来が続くのだと思わせてあげたい。

自分の目標がはっきり見えた。ララローズの心がスッと軽くなる。

「そう、それならあなたが陛下の呪いに上書きしてあげなさい。負の連鎖を断ち切り、自分自身でかけた呪いの上に祝福をかけておやり」

「ありがとう、おばあ様。私、陛下の愛を勝ち取ってみせるわ」

力強く宣言した後、ララローズは今後の険しい道のりを乗り越えるべく計画を練ることにした。

◆　◆　◆

ラララーズに毒が盛られた。

その事実は、自分でも思いもしないほど、ジェラルドの心を激しく揺さぶった。

魔女の血を引く彼女に毒が効くかはわからないが、嫌がらせの範疇を越えている。

ラララーズの命を狙う行為を許せるはずがない。かと言って、ジェラルドが四六時中ララローズの傍にいることもできないし、そんなことをすれば周囲はますますララローズがジェラルドの大切な人物だと思い込むだろう。

ジェラルドをこれほど動揺させるほど、彼女はいつの間にか、自分にとって必要な人になっていた。特別な人間を作らないと決めていたのは厄介な呪いだけが理由ではない。ジェラルドの周囲は穏やかであるとは言えないからだ。

苛立ちを堪えながら寝室の扉を開ける。

いつもなら、就寝の支度をしているララローズがのんきな声で出迎えの挨拶をしてくるのに。誰もいない部屋は妙に殺風景に感じられた。

自分から追い出したというのに、気づくと彼女の気配を探り、室内を見回してしまう。心は彼女を求めているらしい。

ナイトテーブルの引き出しを開ける。そこにはハンカチに包まれたあるものがしまってある。温泉地でララローズが忘れた髪留めだ。あの場では、黒だと思った髪は濃紺で、月明かりに照らされると夜空のような煌めきを放つ。

ララローズとの時間が増えるにつれて、あの髪に触れたくなる手を何度引っ込めただろう。そんな衝動にさえ苛立ちを覚えていた。

──厄介な熱病だ。

これが一時の病ならやがて過ぎ去るだろう。だが、ララローズが傍にいない焦燥感も渇望も、終わりがくるとは思えずにいた。

彼女が消えてまだ十日も経っていない。ひとりで湯浴みをし、身体の汚れを洗い流したところで心の靄《もや》が晴れることはない。

広い寝台に温もりは感じられず、柔らかな肌に溺れることもできない。

脅迫から始まった関係は、その後に一体なにが残るのか。

「……」

──いっそのこと、ずっと脅したまま傍にいさせればいいのか。

家族の命を盾に取ったまま一生自分の傍にいろと。そう言ったら、彼女はどんな反応をするだろう。

──あいつのことだ、わかりましたと従うに違いない。筋金入りのお人よしだ。

だがそんなことをしても、決してララローズの心は手に入らない。むしろ今よりもっと離れてしまうのではないか。

ならば恥を捨てて、彼女に愛を乞えばいいのか。傍にいてほしいのだと正直に告げたら優しい彼女は絆《ほだ》されてくれるだろうか。

そう考えるが、なにやら苦いものが込みあげてきた。ジェラルドが素直に本音を告げたところで、ララローズには体調不良かなにかかと疑われて終わりそうだと思ったからだ。

普段からきちんと気持ちを伝える努力を怠ってきたつけがこんなふうに回ってくるとは。言葉で気持ちを伝えることもままならない。

「……はぁ」

ジェラルドは重い溜息を吐いた。

なかなか睡魔がやってこない。寝返りを打ちながら、ジェラルドは冴えた頭で考える。

誰かを想ってなにかをしたのは、記憶にある限りララローズがはじめてだ。

彼女の命を優先させるために、下手な芝居を打った。不審者扱いをし、無理やり追い出したのはジェラルドの心が訴えていたからだ。自分の呪いを解くことよりも、彼女の命を優先させたいと。

――怒っているだろうか。いや、芝居だと気づいているだろうが。

ララローズはジェラルドが自分を愛するはずがないと思っている。確かに愛の言葉などかけていないし、好意を言葉で示したこともない。

実際、ジェラルドも恋心がなにかまだはっきり理解していない。だが、慈しむ気持ちというものが芽生えつつあった。ララローズが幸せならいい。元気に笑顔で過ごせているなら、離れていても構わない。

きっと彼女は、自分のように面白みのない男の傍で窮屈な王城に閉じこもるより、汗水垂らして領地を豊かにし、太陽の下で笑える場所にいた方がいいだろう。貴族令嬢なのに貴族らしからぬ逞しさも彼女の魅力だ。

ララローズの生命力に溢れた目の輝きは、ジェラルドとは縁のないものだった。まっすぐ自分を見つめてくる彼女の目を眩しいと感じた頃には、きっと恋心を抱いていたのだろう。

――そうだ。そのうち適当な男を見つけて、婚約でもするに違いない。城で働いていたとなれば、貧乏貴族でも縁談は舞い込んでくる。

二十歳のララローズはまだ結婚適齢期だ。むしろ王城で侍女経験を積んだことで、十代の少女よりも引く手あまただろう。

それに魔女の目を持つことに気づく人間は少ない。魔女が存在することすら知らない人間の方が多いのだ。彼女の祖母や母同様、人間の娘として幸せを掴むことができる。

短くない時間を共にして、ララローズが不可思議な術を使ったことは一度も報告されていなかった。少しばかり植物に詳しく、天気を読むことに長けているだけ。そんな人間は探せばたくさん出てくるだろう。

　貴族令嬢で経済観念もきっちりしており、逞しさも持ち合わせているとなると、裕福な商人の妻にと望まれてもおかしくはない。彼女は自分が知らない場所で、元気に幸せになれるのだ。

「……クソッ、面白くない」

　相手の幸せを願いたい。が、その隣に自分がいないことがこれほど面白くないとは思わなかった。

　──誰が喜んでやるか！

　相手の幸せを願って身を引くなど冗談ではない。

　できることならずっと、消えない心の重石になってやりたい。ララローズの心に自分が居座り続けてやりたい。他に愛する男を見つけても彼女に忘れられない男になりたいし、何人違う男と出会ってもずっと比べられる存在でいたい。

「忘れるなんて許さない。あいつの心から追い出されるなど」

　心の奥で彼女の未来の男に嫉妬する。こんなふうに執着するなんて、どうやら自分でも知らない一面があったらしい。

　──愛が手に入らないなら一生消えない傷をつけてやりたい。

　仄暗い欲望がわき上がる。自分から追い払ったのに、今は連れ戻したくてたまらなくなっている。

誰かに害される可能性を考えて手放したのだから、今度は誰にも害されない場所に閉じ込めてしまえばいい。大切なものを傷つける相手を排除し、安全な人間だけを配置し、どこにも羽ばたけないよう自由な翼を折ってしまおうか。

それはとてもいい案に思えた。ジェラルドの目の届くところにいさせて、いつでも彼女の存在を確かめられる。大切なものは見える場所に置けばいい。宝物は誰にも見せなければ盗まれない。

ララローズの存在がジェラルドの中で膨らみ続ける。自分の心を奪った罪を突きつけてやりたいが、さすがに狭量な男に思われそうだ。

頭の中でララローズを閉じ込める算段をする。彼女が喜びそうな空間を作れば進んで巣に籠もるのではないか。衣食住を保証する他にも賃金を出せば……と考え、思考を停止させた。それではジェラルドの特殊性癖に付き合わされる報酬のようではないかと。

「閉じ込めてしまいたいが、あいつがそれを望むとも思えんな」

ララローズから笑顔が消えて満足なのか？　と問いかける。心が出した答えは否だ。

「あいつは俺が記憶や寿命を奪われることを憎んでいた。俺が奪う男になれば憎まれるだけだ」

自嘲《じちょう》めいた笑みが零れた。こんなに感情を乱されるのははじめてで、戸惑いが大きい。

自由も未来も、自分だけを見つめるよう制御してしまいたい。

だが、ララローズが諦めたように笑う姿を見ても、ジェラルドの心が満たされるとは思えなかった。

ならばせめて、自分が死ぬまであと五年。彼女の時間を買えないだろうか。五年間は不自由な生活になるが、その後は自由の身だ。彼女が望む報酬を与えたらきっと応じるだろう。

――ああ、悪くない。

ララローズが応じるかはわからないが、まずは城に呼び戻さなくては。

ジェラルドが彼女を追い出してからすでに十日弱。コルネリウスの領地に帰るだけでも馬車で五日はかかる。急ぎ呼び戻したとしてララローズがふたたび登城するには一週間近くかかるだろう。

いっそ自分が馬で駆けた方が早い。

――いや、城からは出られん。付け入る隙を見せることになる。

ララローズを害した人間も洗っているが、決定的な証拠は得られていない。厨房の料理人に不審な点は見当たらなかった。となると彼女の食事を運んだ人間だが、毎食同じ人間が担当するわけでもない。

またララローズに使用された毒は腹を下す程度の不調を感じるものだ。薬にも毒にもなり得る植物は多い。加減を間違えて意図せず毒になることもある。

殺意を持って使われたのならまだわかりやすかったのだが。

ジェラルドは重い身体を起こし、水差しに手を伸ばした。

ラララローズが用意していたのは、清涼感のあるすっきりとした後味のハーブ水で、寝る前に用意されていたものは、安眠効果もあった。

だが当然ながら、彼女が消えてから用意されるのは、なんの変哲もない水だ。こんな些細なことでもラララローズの不在を意識せざるを得ない。

「……不味い？」

ただの水が不味い。今まで水の味など意識していなかったが、この味は妙だった。薄暗い部屋の中で気にせず飲んでしまったことに身体が強張る。

「……なんだ、これは」

水というのは苦味があっただろうか。いや、苦味の中にわずかな甘みがあった。

無味無臭に限りなく近いほどの味の違い。気のせいだと思い込むこともできるが、身体が違和感を訴えてくる。

次第に、先ほどまでまったく訪れなかった眠気がやってきた。思考に靄がかかったようだ。頭がうまく働かず、視界がぶれて眩暈《めまい》まで感じられる。

――これはなんだ……、眠り薬でも盛られたか。

ジェラルドが毎日寝不足なのを気遣ったとも思いにくい。たとえ気遣ったとしても、無断で薬を盛るなどやりすぎだ。本人の意思を確かめずに毒にもなりかねないものを飲ませるのは許しがたい行為だ。

こんなことができる人間は限られている。命じられただけにしても、国王の寝室に入れる人間はそう多くない。

――なにを企んでいる。

これが善意なのか悪意なのかを考えることもできないまま、ジェラルドの意識は急速に闇の中に落ちていった。

――身体が熱くて気持ち悪い。

徐々に意識が浮上してきたジェラルドは、肌になにかが這う感覚に顔を顰《しか》めた。自分の身体を誰かに弄られているのだと気づき、身を起こそうとするがうまくいかない。

――なんだ？

身体がうまく動かせない。素肌を弄るのは誰の手だ。

重い瞼を押し上げる。薄闇の中、月明かりに照らされた女の姿がぼんやりと映った。

ラローズではない。ジェラルドを押し倒し、寝込みを襲う女の顔に見覚えはない。そもそもジェラルドは女性との交流を避けてきたため、ほとんど女性の顔を覚えていなかった。

「だれ、だ……っ」

ジェラルドが目を覚ましたことに気づいたのだろう。ラローズと同年代に見える若い女は、薄っすらと笑みを浮かべてみせた。血のように濃い唇がやけに目立つ。

女は薄い夜着を纏っていた。ジェラルドの服の前を開け、腹部に手を滑らせている。

見知らぬ女に肌を弄られていることが気持ち悪い。胃の中をぐちゃぐちゃにかき混ぜられているようで吐き気を催してくる。

今が何時かはわからないが、まだ月が煌々《こうこう》と輝いているため夜明けまでもうしばらく時間がかかるだろう。このまま無理やり既成事実を作らされたらたまったものではない。この女が身籠もれば、世継ぎのいない自分は子供を引き取らざるを得なくなる。当然女もついてくるだろう。

――胸糞悪い。こんなろくでもないことをしでかすのは、元老院のじじいどもか。

親族の娘を使い王の子供を身籠もらせるつもりだ。

彼らは、結婚もしない、子供も作らないと公言しているジェラルドの意思が変わらないと知り、強硬手段に出たに違いない。

魔女に呪いを解かれるのも都合が悪いが、世継ぎを作らずに死なれても困る。何代にもわたり短命な国王は、このままお飾り程度に君臨し、短い寿命を終えた後、次代の王が即位するまで彼らにとって都合のいい政策を進めたいのだろう。

金鉱山のことが頭をよぎる。まだ潤沢《じゅんたく》に金が採れると思われる山の扱いは、たびたび議会で意見が割れていた。ジェラルドは周辺国に目を付けられ余計な火種を生まないために、他国と友好的な関係を築きつつ不正な採掘をされないよう厳重に管理をしているが、採掘に制限をかけず他国に国力の差を見せつけるべきだという意見も多い。ヴェスビアスの産業である金属加工や時計の輸出も、貿易時の関税を下げるよう交渉すべきだと言う。

ジェラルドは自分が生きていることで都合の悪い人間を思い浮かべるが、心当たりが絞れない。一番疑わしいのは代々裏で国を牛耳ってきたリヴィエール侯爵家だ。

現当主のラウルとは同年代ということもあり親しい間柄ではあるが、ロドルフは喰えないじじいだ。温厚そうに見せて人を欺《あざむ》くことに長けている。

そうこうしている間に、女は蠱惑《こわく》的に微笑み、下穿きの上からジェラルドの股間に手を這わせた。

「……っ」

激しい嫌悪感が込みあげる。だがジェラルドの身体はそう簡単に高められない。女は豊満な身体を寄せてジェラルドの陰茎をさするが、そこは萎《な》えたままだ。薬で朦朧としていた頭が徐々に働きだし、ジェラルドは冷めた目で女を見やる。

「……無駄だ、貴様相手に興奮しない」

媚薬でも飲まされていたら別だったかもしれないが、ジェラルドの身体は元々不能だったのだ。ララローズと出会ってから爛《ただ》れた生活を送りだしたが、いまだに身体は彼女にしか反応しない。欲情するのも、交わりたいと思うのもララローズだけ。

見知らぬ女に身体を好きに弄られた程度では、興奮などするはずもない。

女は一声も発しないままジェラルドに顔を寄せた。

目の前に迫ってきた女の顔を見て、ジェラルドは眉を顰める。

人形めいた美貌を持っているが、目の奥がどろりと濁《にご》っている。

生気を失い、命じられるままに従うだけの人形に興味はない。

女の臭いが受け付けられなくてさらに気分が悪くなる。

——それ以上近寄るな……っ。

だが、唇を奪われそうになった瞬間、寝室の窓が開いた。

「……ッ！」

風が舞い込みカーテンが大きく揺れる。

窓から月明かりが差していたはずだが、いつの間にか空が荒れていた。外は激しい雨が降っている。

外のバルコニーに黒いローブを纏った人物が立っていた。頭からつま先まで黒ずくめの姿はまるで死神のようだった。己の寿命はもしかしたらここで尽きるのではと想像し、ひやりとしたものがジェラルドを襲う。

サーと降り注ぐ雨の中、怪しい人物が室内に侵入した。

その者は窓を閉めると、黒いローブを豪快に脱ぎ去った。その者が持っていたランプが橙色に光り室内を照らす。

「っ！　ララローズ……」

艶やかな濃紺の髪を背に流し、赤いドレスを纏った女は、ジェラルドが追い出した彼の魔女だった。紅で彩られた唇が艶めかしく映る。

ジェラルドと彼に跨がる見知らぬ女を見つめ、ララローズの唇は弧を描いた。彼女の手には見覚えのない丈夫な木の枝……。あれは魔女の杖だろうか。

彼女は、杖でまっすぐジェラルドを指し、続いてそれを女に向けた。

今まで見たことのない蠱惑的な笑みと挑発的な眼差しで、ララローズは女に杖を向けながら口を開く。

「それ以上私の男に触れるのなら、お前の顔を醜《みにく》い老婆に変えてやるわよ。髪は抜け落ち、肌はしわくちゃ、歯もなくなってごはんが食べられなくなるかも」

ララローズが杖を上下に動かすのと同時に、激しい雷鳴が轟いた。

「きゃあああ！」

悲鳴を上げ、一目散に逃げていく女の後ろ姿を見つめながらジェラルドは思案する。

あの人形のような女がここまで侵入できたのは、見張り番が手引きしたか、いないときを見計らって来たに違いない。だが、相手は恐らく貴族の令嬢だ。魔女に呪いをかけられたという恐怖に打ち勝つほどの胆力はないだろう。解呪を求めて、そのうちこちらに接触を図ってくるはずだ。

扉がバタンと閉じられる。その音を合図に、ジェラルドははっとラランローズに視線を向けた。腕は重いままだが気合いで動かすことができそうだ。

この閉ざされた部屋には今二人しかいない。

彼女はいつも黒いお仕着せ姿だったが、今は燃えるような赤いドレスを身に着けている。同じく紅をさした唇が艶めかしく、扇情的だ。

視線が逸らせない。今のラララローズは今まで見てきた中で一番苛烈で美しい。

静かな怒りを秘めた彼女の眼差しに心臓が焦がれるようにドクンと跳ねた。

◆　◆　◆

――どういう状況？

想い人の愛を勝ち取りに行こうと寝室に侵入してみれば、彼の上には見知らぬ女が跨がっていたのだ。きっと誰でも驚くだろう。

ラララローズは寝室に侵入するため城壁を伝い、やっとの思いでバルコニーにたどり着いた。その直後、急に雨が降り始めた。何故突然？　と頬を引きつらせたが、問題なく目的地に到着できてよかったと胸を撫でおろした。

祖母から譲り受けた黒いローブは、イングリッドが使用していた魔女のローブらしい。見た目のわりに軽くて丈夫で、防水機能もあると聞いていた。運よくドレスを汚すことなく侵入できたのだが……こんなとんでもない光景を目の当たりにするとは思わなかった。

若い女が無抵抗なジェラルドを襲っているように見えた。エルンストの悲劇を思い出し、ラララローズは咄嗟に魔女になりきって脅すことにした。

侵入の際、なにかに使えるかと思って、ちょっと魔女っぽいと思いながら途中で拾った木の枝をローブの中に忍ばせていたのだ。

女が簡単に騙されてくれたことにそっと胸を撫でおろし、女が去った扉を閉めた。当然、ラララローズには呪いなどかけられるはずもないし、呪うという言葉も使っていない。あとは受け手側が勝手に怖がり、呪われたと解釈してくれればいい。

木の枝を上下に振っただけであんなに怯えなくても……と思わなくもないが、抜群のタイミングで雷鳴まで轟いたから驚くのも無理はないかもしれない。天がラララローズの味方をしたのだろうか。

——悪女になった気分だわ……。

寝台に仰向けになったままのジェラルドを見つめると、なにやらふつふつと込みあげてくるものがある。薬を盛られたのだろうか。身体の自由が奪われたのだと思われる。自分以外の女が彼にキスをしようとする光景など見たくなかった。

実に無防備な姿だ。彼は、上半身の肌を晒しているが、下半身は服を纏ったまま。そんな彼がラララローズの名前を呼んだ。聞き間違いでは決してない。

なんとか身体を起こそうとするジェラルドに近づき、ラララローズは小首を傾げた。

「私のこと、忘れたなんて嘘でしょう。さっき名前を呼んだもの、今さら不審者扱いはしないわよね。それとも、国王の寝室に不法侵入したことを罪に問う？」

顔も見たくないほど嫌われているなら、ふたたび追い出されるかもしれない。だが無理やり女性に押し倒されていたのなら、助けた礼として多少の温情がかけられるだろう。

しばし見つめ合う。ジェラルドは眉根を寄せて、なにかを諦めたように深く息を吐いた。

そして、ゆっくりとラララローズに手を伸ばした。

ラララローズは彼にグイッと手首を摑まれて、広い胸に倒れ込む。

「ひゃっ！」

なにが起こったのか理解するよりも早く、ラララローズの唇はジェラルドのものと重なっていた。

「……んっ！」

しっとりとした口づけに荒々しさはない。ただ触れ合うだけのもの。だが柔らかくて互いの体温を分け合うものだった。

「……罪に問うわけがないだろう。ララローズ、何故戻ってきた」

吐息混じりの問いかけが鼓膜をくすぐった。

何故と問いながら、ジェラルドがギュッと抱きしめてくる。少しでも身じろぎをしようとすると、逃がさないとばかりにさらに強く抱きしめられた。まったく動けないわけではなかったのか、薬の効力が切れたのだろうか。

混乱しつつも、ララローズは心のままに答えた。

「何故って、そんなの……私がジェラルド様に会いたかったからに決まっているわ。あなたが私を憎んでいても構わない。だって私はジェラルド様を愛しているんだもの」

ジェラルドの肩がピクリと震えた。

どんな表情をしているのかが気になり、そっと顔を上げる。

金の目には驚愕と、気のせいでなければ喜びが浮かんでいる。鋭い眼差ししか記憶にないが、今のジェラルドは目尻がほんのり赤く染まり、甘く垂れているようだ。その変化を目の当たりにし、ララローズの鼓動が速まった。

吐き出される吐息が熱っぽい。耳元に掠れた低音が吹き込まれる。

「ララローズ、せっかく逃がしてやったのに自分から戻ってきたんだ。覚悟はいいな？」

「ひぇ……なんの覚悟でしょ……う」

ララローズの腰に回った腕にギュッと力が込められ、反対の手で顎を持ちあげられた。

「俺に愛される覚悟だ。もう逃がしてやらんぞ」

荒々しい口づけが降ってくる。先ほどまでの触れるだけのものとは違う、濁流に呑み込まれてしまいそうなほど深くて激しい。

「ンン――ッ！」

口内を暴くように蠢く舌は、まるでララローズの心も暴いてみせると言わんばかりで背筋がブルッと震えた。

後頭部に手が添えられ、顔を背けることもできない。貪られるような激しい口づけがララローズの官能を呼び覚ます。

舌先を吸われ、ジェラルドに食べられてしまいそうだ。下腹部がじくじくと疼きだした。胎内に熱が籠もっていく。

頭の芯まで痺れるような口づけを交わし、酸欠寸前まで貪られてようやく解放された頃には、ララローズの身体からすっかり力が抜けてしまっていた。

「ふぅ……、はぁ」

「ララローズ」

ジェラルドの声が甘く響く。自分の名前を呼ばれただけで、これからもたらされる熱に期待してしまう。

時に目は言葉よりも雄弁だ。ジェラルドは口数が少ない方だが、彼の目は幾度となく心情を物語っていた。今、金の瞳は熱を帯びたように潤んでいる。

そんな蕩けるような目で見つめられたことは、記憶のどこを探しても見当たらない。今まで抱かれてきたときも熱を孕《はら》んだ目を向けられていたが、今はそのときの数倍甘い。

目尻やこめかみにキスを落とされ、くすぐったさに震える。濡れた柔らかな感触が生々しい。優しく触れられて、愛されているのだと思わされる。けれど……。

——言葉が欲しい。

ラララーズはジェラルドの腕の拘束を緩めてもらい、彼の顔を見上げた。

彼の瞳に自分が映っている。ラララーズの独占欲が少し満たされた。

「どうやってここまで来た？」

ジェラルドがラララーズの頬に触れながら尋ねた。少しかさついた大きな手で触れられるのが心地いい。

「えっと、暗闇に紛れて使用人の通路から城内に忍び込んで、空き部屋から城壁を伝ってここまで」

「……城内の入り口はすべて鍵がかかっていただろう」

「使用人口の鍵の構造ってあまり複雑じゃないので、ちょっと頑張ったら開けられたわ」

「……鍵は新調することにしよう。それより、城壁を伝うだなんて危ないだろう。落ちたらどうする。雨も降っていたのに」

ララローズの両手を確認されるが、目立った傷はついていない。バルコニーに降り立ってから急に雨が降りだしたのだと告げると、ジェラルドは渋い表情で押し黙った。

「何故昼間に来なかった」

「それは、他の人に見られたくなかったですし。今度ジェラルド様に拒絶されたら、さすがに心が折れちゃうので……、ひとりでいらっしゃる時間にこっそり忍び込んで、真意を確かめたいと」

「俺はお前を忘れていないと、そう思っていたんだな」

ララローズは頷いた。彼の見え透いた嘘の理由を聞きたかったたし、呪いについて話したかった。

――イングリッドの呪いとエルンスト陛下のことと、あとジェラルド様への新たな呪い……いえ祝福も。

ふと、ジェラルドの唇に視線が吸い寄せられた。自分の紅が移っている。

祖母に、ジェラルドが一生忘れられないほど衝撃的な魔女の装いをして、彼の心を奪いたいと言うと、ロープもドレスも、そして口紅まで用意してくれたのだ。

今まで薄化粧しかしてこなかったが、赤い口紅を一塗りしただけで気持ちが大きくなった気がした。見た目が変わると心も大きく強くなれる。

だが、ジェラルドの唇にそれが移っていることは少々気恥ずかしい。そして赤みの増した唇が色っぽくてドギマギしてしまう。

「ごめんなさい、ついちゃった」

指で彼の唇を拭うと、ジェラルドが微笑んだ。冷笑でも失笑でもない、柔らかい微笑。ラララローズが見たいと望んでいた彼の笑顔。

――どうしよう……胸がギュッとする。心臓が握り潰されてしまいそう。

ぽろぽろと涙が溢れて頬を濡らす。

緊張と安堵と喜びと、すべてが混ざり合って感極まっていた。この城で泣いたことなどないのに、突然泣きだすなんて面倒な女だと思うのに。一度零れた涙は自分の意思では止まらない。

「泣くな」

ジェラルドが指で涙を拭うが追いつかない。

「ごめんなさい……」

恥ずかしくて居たたまれなくて顔を俯けるが、目尻の涙をジェラルドの舌が舐めとった。

「好きだ、ラララローズ。どうやら自分でも気づかぬうちに、とっくにお前を愛していたらしい。泣きたいなら思う存分泣いていい。我慢などしなくていい、全部受け止めてやる」

「……っ」

そんなことを言われたら涙が余計に止まらなくなる。

「わ、たしは……、あなたにとって憎い魔女の子孫よ？　あなたをずっと苦しめて、恨まれてきたイングリッドの子孫なのに？」

「ああ、そうだな。だが、お前とイングリッドは関係ない。俺はもう自分に嘘はつかぬと決めた。お前はただのラララローズだ、エルンストを呪った魔女じゃない」

どんな心境の変化なのだろう。

そう思いつつも、心が喜びを隠しきれない。

ジェラルドはラララローズを疎んでいない。その表情からも、彼の言葉が本心からのものなのだと信用できる。

「うう〜……ずるい……そんなふうに優しくされたら、もっと好きになっちゃう……っ」

「そうか、存分に好きになればいい。他の男によそ見をしたら容赦なく閉じ込めるが、俺だけを見つめるなら自由にさせてやる」

なにやら少し怖いことを言いだしたが、ラララローズは深く考えることなくジェラルドの胸にしがみついた。彼はまだ呪いの真相を知らない。それなのに、ラララローズを見てくれている。

——嬉しい。すごく嬉しい……。

愛する人の記憶を失う呪いも有効だと思っているはずだ。翌日にはもしかしたら呪いが発動し、ララローズの記憶を失うかもしれない。

だがそんなことは絶対に起こらないし、起こさせない。ララローズを忘れたふりも二度とさせない。

ジェラルドの上半身にはいまだに茨模様が浮かんでいた。ジェラルド自身がかけた呪縛の証だ。

それを解くには、ジェラルドが彼自身を信じなければいけない。イングリッドの呪いなど無力であり、生きることを諦めないと。そしてララローズが新たに祝福を上書きする。

「ジェラルド様に呪いを解き放つ祝福を授けるわ。あなたの未来が幸せに満ちていますようにって。だから私と約束して。あなたはおじいちゃんになるまで長生きする、死ぬまでずっと、愛する人を覚えている」

ジェラルドは静かに目を瞬き、ララローズの不思議な虹彩を見つめると、しっかり頷いた。

「わかった、約束する。俺はお前のために長生きし、死ぬまでお前を忘れない」

「私を裏切らない？」

「裏切らない」

言葉の力は絶大だ。

ラララローズは自分自身に魔女の力があるかはわからないが、それでも魔女の血を引いているならば多少なりとも効力が発揮されることだろう。自分自身にかけた呪いを破り、新たな約束で上書きする。二度と悲劇が起こらないように。

「私も、ジェラルド様を裏切らない。死んでもあなたを忘れない」

彼の金色の瞳を見つめながら、約束を口にする。

時に人の心は揺れるから、不安になったら何度でも同じ言葉で上書きすればいい。愛する人の不安が消えるよう、ラララローズは自分から触れるだけの誓いのキスをした。

「……誓いのキスなんだけど、あまりそう真顔で見つめられると照れるんですが……」

「足りない」

一言呟きを落とすと、ジェラルドがふたたびラララローズの唇を奪った。

何度も口づけを交わし、ギュッと抱きしめられながらラララローズの背がシーツに押し付けられる。

「脱がすぞ」

いつもの簡素なお仕着せと違い、今纏っているのはドレスだ。見た目の割には軽くて動きやすいのだが、脱がされることに少々ホッとする。

「実は私もそろそろお腹が苦しかったから早く脱ぎたいと思ってたの」

ぽつりと本音を落とすと、ジェラルドが怪訝そうな顔をした。

「体調が悪かったのか？」と問われて視線が彷徨う。

「いいえ、このドレスはおばあ様が持たせてくれたんだけど、イングリッドが好んでいたドレスらしいの。でも彼女、とても腰が細かったのね……お腹が圧迫されてちょっと苦しくて」

「……お前はコルネリウス領にいたんじゃなかったのか」

「その予定を変更しておばあ様のところにいたわ。話したいことがたくさんあるけど、それよりも早くあなたの熱を感じたい」

それには彼も異論はないらしい。ジェラルドは手早くラランローズのドレスを脱がせ、絨毯に落とした。

彼もすべて脱ぎ去り、一糸纏わぬ姿を晒す。何度も素肌を見ているのに、はじめて見たときのように胸がドキドキと高鳴った。

ジェラルドも同じだろうか。彼の心臓の上にそっと触れる。

「……速い」

「ああ、当然だ。お前を早く味わいたい」

怪しく微笑まれると、心臓だけではなく身体の奥までキュッとする。胎内にたまった熱が燻りだした。

ジェラルドがラララローズの胸に触れる。心音を確認してみて自分と同じくらい緊張し、期待をしているのだと気づいたのだろう。ラララーズを見下ろしながら相好を崩した。

「……っ」

「鼓動が跳ねたな」

そう呟きながら、心臓の真上に口づけを落とされる。チリッとした痛みが走った。赤い花は彼の独占欲を感じられて、ララローズの心もじんわりと満たされていく。

――もっとつけてほしい。

しばらく消えないくらい、たくさん印をつけられたい。

肉厚な舌が胸を這う。ざらりとした感触がくすぐったい。

鎖骨や胸元にもキスが落とされて、ララローズの官能が高められていく。

「甘い匂いがする」

首筋を甘く嚙まれながら呟かれたが、なんのことだかわからない。

「なにもつけてないわ」

「ならばこれはお前の香りだな」

大きな手で触れられる箇所に神経が集まるようだ。胸の尖りをキュッと摘まれ、ララローズの腰がビクンと跳ねた。

自分でもじわりと蜜が零れたのがわかる。彼から与えられる熱に身体と心が期待しているのだ。

――優しいけどもどかしい……。

丁寧に愛撫をしてくれているが、それよりも早く彼の存在を感じたい。

胸の頂を口に含まれ、舌先で転がされながら臍の周辺を撫でられた。その奥に燻る熱が広がっていく。

「あぁ……」

中が切なくて疼きが止まらない。早く満たされたくてたまらない。

ジェラルドに秘所を触れられただけで、とろりとした愛液がふたたび零れた。

「こんなに熱くしていたのか」

指摘されることが恥ずかしいと思う余裕もない。ララローズはその言葉に頷き、潤んだ瞳をジェラルドに向けた。

「も……ちょうだい」

くちゅり、と水音が響いた。泥濘《ぬかるみ》に指を二本挿入され、中を柔らかく押し広げられていく。

「ンァ……ッ、はぁ……」

膣壁がきゅうきゅうと指に吸いつく。異物を拒むというより、絞り取ろうとする動きだ。

「まだきついな……」

ジェラルドから放たれた声も熱を孕んでいた。彼の額にはじんわりと汗が浮かんでいる。

ラロローズを思いやって我慢している。今まで触れられたときも、彼は決して乱暴には扱わなかったことを思い出した。

言葉は辛らつでも、触れてくる手つきは優しかった。不器用な優しさを持つ男を愛おしく思う。

こうして声が聞ける距離にいることがなにより嬉しい。触れ合えることも、視線が絡み合うことも。

指を二本中でバラバラと動かされながら、同時に花芽をキュッと刺激される。

「ンアァ……ッ！」

ララローズの胎内にたまっていた熱が瞬時に弾けた。

軽く達し、身体が脱力する。荒い呼吸を繰り返し、ぼんやりとジェラルドを見つめた。

「少しは楽になったか。……ああ、もう一本呑み込めたぞ」

凄絶な色香を放ちながらジェラルドが三本目の指を挿入した。

ぐちゅぐちゅと淫らな音が鼓膜を犯す。

ジェラルドがララローズの胸元に食らいつく。舌先で胸の蕾を転がされ、甘噛みされる。

その刺激だけでふたたび達してしまいそうだ。

「ンァ……ッ」

自分では得られない快感を与えてくる。敏感な蕾はジェラルドのささやかな刺激もすべて拾い上げ、気持ちよさに変換していく。

——頭がもう、なにも考えられない……。

なにもかも忘れて流されたい。彼の腕の中で甘く啼いて、心地よさに酔いしれたい。

ジェラルドの愉悦の滲んだ笑みを見るだけで胸の鼓動が速くなる。

その眼差しは蜜のように甘いのに、中毒性のある毒のようだ。ずっと見つめられていたいのに、逃げてしまいたい心地にもなる。心も身体もすべて暴かれて、自分自身が制御できないような恐怖心までわき上がりそうだ。

——でも、全部あげる。私が持ってるものは全部彼にあげたい。

もしかしたらイングリッドも同じような気持ちだったのだろうか。魔女としての力を失ってでも、エルンストを選ぶほど、彼を深く愛していたのだから。

イングリッドも愛情深いひとりの女性としての一面を持っていたのだ。自分のすべてを明け渡してもいいと思えるほどの。

やわやわと乳房を刺激されるのと同時に、膣の中で蠢く指に、ララローズがひと際感じるところを重点的に攻められた。

「アアァ……、ダメ、そこ……っ」

解放された熱がまた集まってくる。

指だけでは物足りない。さらなる刺激が欲しいと身体が訴えている。

生理的な涙が零れた。苦しいくらいジェラルドの熱が欲しくてたまらない。

「ララローズ……」

掠れた低音が耳朶を打つ。ジェラルドの限界も近いのだと悟った。

「ジェラルド様……」

指が引き抜かれる感触がして、詰めていた息を吐く。

代わりに、指とは比べものにならない質量が泥濘に押し当てられた。

「……苦しかったら、背中に爪を立ててもいい」

耳元で囁きが落とされた直後、ジェラルドの屹立がグッと隘路を押し広げた。

「あああ……んぅ……ッ」

小柄なララローズがジェラルドのものを受け入れるのは少々苦しい。少し前まで毎晩のように肌を重ねていたが、時間が空くとやはり苦しさを感じた。

内臓を圧迫される感覚はなかなか慣れないが、それも過ぎ去ると中が馴染んでくる。ジェラルドの楔をすべて胎内に受け入れると、繋がることができた喜びで胸がいっぱいになった。

こうして向かい合って抱き合うのも、はじめての夜以来だと唐突に気づく。今まで背後から貫かれていたのだ。ようやく心が通じたはじめての夜だと思うと、たまらない気持ちにさせられた。

「……はぁ」

互いに息を吐き、ギュッと抱きしめ合う。汗ばんだ肌が触れ合うのも心地よく、体重をかけないよう気を遣うジェラルドに愛しさが増した。

「大丈夫か」

「は……い」

ゆっくり頷くと、ジェラルドが安堵したように柔らかく微笑んだ。

そんな表情もできるのかと目を瞠る。心がキュンと高鳴ると同時に、彼を咥え込む膣も強く収縮した。

「ッ……、あまり締めるな」

余裕のない声ももっと聞きたいが、調子にのれば抱き潰されかねない。

ラローズは意識して力を抜き、彼の首に腕を回す。

しばらく大人しくしていたが、ジェラルドも苦しいことはわかっている。ラローズは律動を促した。

「ン……、アアァ……ッ」

最奥をグリッと刺激され、脳天が痺れるような快楽を感じる。

何度も抱かれたため弱いところも覚えられている。ジェラルドは重点的にラローズが感じる箇所を刺激してくる。

今まで気持ちいいと感じることに後ろめたさがあった。罪悪感のような心地を感じていたのは、どこか義務感で肌を重ねていたからだ。

ララローズの心が彼に惹かれていても、ジェラルドは同じ心を返してはくれない。憎むべき相手としてしか見られておらず、乱暴に扱われることはなくても行為が終われば心が冷えた。

そんな寂しさに蓋をして、ララローズはそれでもジェラルドを受け入れてきたのだ。呪いが解ければいいと願って。けれど、呪いが解けなくてもいいとも密かに思いながら——。

——呪いが解けたらこの人から離れなくてはいけなくなるから。

生きていてほしい。でも傍にいたい。

心の欲求は矛盾していた。我がままで嫌になることもあったが、すべての枷を外して睦み合えることを幸せに感じる。

「嬉しい……」

本音がぽつりと漏れた。

ララローズの呟きを拾ったジェラルドも動きを止める。

「ずっと欲しかったの……ジェラルド様の心も、笑顔も」

イングリッドの影に怯えず、自分だけを見つめてほしい。そんな願いを諦めかけていた。

繋いだ手を二度と放さないよう、ララローズは願いを込めてジェラルドの手を握りしめる。そんなララローズの気持ちに応えるかのように、彼もしっかりと繋ぎ返した。

「そうか、俺も同じ気持ちだ」

繋がったまま膝の上に抱き起こされた。より深く、奥までジェラルドの欲望を咥え込む。

「んぅ……ふか、い……」

苦しさもあるが、より密着度が上がった。互いの身体を抱きしめ合いながら繋がることができる。

同じ気持ちを返されることがこれほど嬉しいとは思わなかった。

まだ解決しなければいけないことがたくさんある。それでも、今このときは彼と同じ熱を共有し、分かち合いたい。

口づけをされ背筋に手が這う。臀部の柔らかさを確かめられながら、律動が再開された。

聞こえるのは互いの荒い呼吸音と淫靡な水音だけ。空気が色づき、快楽を高め合う。

最奥を刺激され、ギュッと抱きしめられた直後、ジェラルドの欲望が弾けた。

「……ッ」

「アァァ……ッ」

じわりと熱が広がっていく。

彼の欲望をすべて受け止められたのだと悟り、ララローズの身体からも力が抜けていった。

身体がゆっくりとシーツに押し倒される。脱力した身体を起こすことも億劫で、ラララローズは乱れた呼吸を意識的に整えようとした。

「大丈夫か」

気づかわしげに問いかけられて、なんとか頷く。だがとろとろとした眠気に見舞われて、身体も瞼ももう重い。

「ならばもう一回」

だが、聞き捨てならない台詞を耳が拾った。

「……え」

膣内に埋められた屹立はまだ硬さを保っていた。

──え、なんで……？

先ほど吐精したばかりだというのに、ジェラルドの雄はふたたび硬度を取り戻していた。

「ジェラルド様……？」

もう無理です、今何時だと思っているのですか、と言いたいのに、言葉が口から出ない。

ジェラルドが甘く微笑みかけてきたからだ。

「もう眠るのは諦めた。お前は明日は一日中寝ていればいい。だから夜明けまであと少し、もう一戦付き合ってもらおうか」

──体力お化け……！

惚《ほ》れた弱みというのをこんなところで実感することになろうなど、思いもしなかった。

ララローズはジェラルドの宣言通り、空が白《しら》み始めるまで彼の腕の中で甘く啼かされ続けたのだった。

◆　◆　◆

国王の寝室に忍び込んだ女は、ジェラルドが思った通り元老院の親族の娘だった。

ラウルの祖父、ロドルフの差し金かと思いきや、この件に関してはリヴィエール家とは無関係だった。

一番過激な思想を持つ元騎士団長の親族の娘だ。結婚せず世継ぎも作らないと公言しているジェラルドにやきもきしていた一派が、世継ぎだけでもと思ったらしい。巻き込まれた娘も災難でしかなく、ララローズは苦い気持ちになった。

――ジェラルド様の意思を無視して無理やり強硬手段に出るなんて……。

夜這いをするよう命じた者とその娘には追い追い処罰が下るだろう。命じられただけの娘は哀れに思うが、ある程度の罰は仕方のないことかもしれない。

今、国王の謁見室には現宰相のラウルとロドルフがいる。ララローズはイングリッドのドレスをふたたび纏い、ジェラルドの隣に座っていた。

いつもの質素なお仕着せとは違う華やかな装いに、ラウルは目を瞠ったがすぐに穏やかな顔つきに戻った。しかし彼の顔色は蒼白だ。満足に眠れていないようにも思えた。相当な心労がかかっていることが窺える。

ラウルにはまた後ほど話を聞く予定になっているが、まずはロドルフに確認したいことがある。

祖母から聞いた話とラララローズが視た過去、そしてそこから考えられる黒幕についてはまだジェラルドには話していない。何故ならまだ確証があるわけではないからだ。相手の反応を見ない限り、推測の域を出ない。

ラララローズはジェラルドに発言の許可をもらい、目の前の老獪な男をじっと見つめた。

「リヴィエール家が抱える秘密を洗いざらい話していただけますか」

「はて、秘密とは。一体なんのことだろうな」

「あなたの従姉のマージョリー妃とエルンスト陛下について。彼女にエルンスト陛下を襲わせ、お腹にいた子供を彼の子供と偽らせて王妃にさせたことですよ。お腹の子供はあなたの父親の子供だった。そうですね？」

問いかけではなく確信を持って話すと、年老いた男の目にわずかな動揺が走った。ラウルは顔を俯け、ジェラルドは静かに瞠目している。

ジェラルドには、この場で話すことは推測にすぎないが、限りなく事実に近いと思われることはあらかじめ伝えていた。彼がエルンストの血を引いていないことを明かすのは躊躇いがあったが、彼はすべてを聞く覚悟はできていると言った。その言葉を信じて推測を話す。

ラローズは関係者のみを招いた部屋で、祖母から聞いたことから話し始めた。

「私のひいおばあ様、イングリッドが呪いをかけたのはただひとり。エルンスト陛下ではなくマージョリー妃です。短命の呪いははったりで、愛する男を忘れるという呪いをマージョリー妃にかけただけでした。ですが、王が短命の呪いをかけられた、という思い込みを利用して、エルンスト陛下とマージョリー妃の息子を、三十歳で毒殺した者がいるのです。それは、あなたですか？」

「なにを言いだすのかと思えば……」

馬鹿げているとでも言いたげな表情だ。実際ララローズは、毒殺を実行したのは別の人間だと思っている。毒物を使うなら己の手を汚さないだろう。実行犯は別にいるが、命じたのはこの男に違いない。

「待て、王家には呪いをかけていないだと？　なら呪いの模様はなんだったんだ」

ジェラルドが口を挟んだ。

朝、目が覚めるとジェラルドの上半身に浮かんでいた茨の模様は消えていた。寿命の宣告だと思われていた模様は、魔女の目で視ても消えている。それはララローズがジェラルドにこれからも生きることを約束させたからだろう。上書きが成功したのだ。それにより戒めの模様が消えたのだろう。

そう説明しようとしたが、部屋の隅から第三者の声が響いた。

「陛下にも魔術師の素養があったということですよ」

「……ギュスターヴ、お前、知ってて黙っていたのか」

いつの間に部屋に入ってきたのか、魔術師のギュスターヴが静かに佇んでいた。

「つまり、陛下も父君も、自分自身に呪いをかけていた。三十歳まで生きられないと信じながら生きていたため、周囲の思惑と己の思念が具現化され戒めの証となって身体に現れていたのです。ただの人間ならそんなことも起きないでしょうが、お二人には魔術師の素養があったため影響力が強かったんでしょうね」

ギュスターヴは四人に近づくと、腰を折って礼をした。ララローズに向けて人好きする笑顔を見せる。

「ようやくお目にかかれましたね、ララローズ様。ああ、やはりあなたはイングリッド様と同じ瞳の輝きを持っている。実に美しい魔女の目だ」

「え？　イングリッドを知っているの？」

思わず素で返すと、ギュスターヴはどこか遠い日の記憶を懐《なつ》かしむように微笑んだ。

「私は彼女の弟子なので。大昔の話ですが」

「ええ！」

咄嗟にジェラルドを窺うが、彼の眉間には渓谷もかくやというほどくっきりと溝ができていた。殺気すら感じられる。

「お前、何故今まで黙っていた」

「尋ねられませんでしたので。それに私を雇ったのはエルンスト陛下ですが、私にここにいるよう命じたのはイングリッド様ですから。彼女の代わりに、いつか彼女の子供たちが王家の子供と恋に落ちたら、見守ってやってほしいと」

ギュスターヴは、王城で雇われたら研究費ももらえるし居心地もよかったと笑った。

なんとも言えない気持ちが込みあげてくるが、イングリッドと繋がりのある人物がいたことは今の状況には幸運だ。

ロドルフが苦々しくギュスターヴに問いかける。

「馬鹿な……ではお前は本当にすべてを知りながら見殺しにしたというのか」

「嫌ですね、人聞きの悪い。私は余計な干渉をしないだけですよ。エルンストも世継ぎの王も、殺したのはあなたでしょう。理由はリヴィエール家の保身と国の実権を握るためですかね。ラローズ様のことはしばらくは様子見をしていたけれど、予想外に陛下が彼女に心を奪われていると知り、呪いを解かれると不都合だと判断した」

「え？　どういうことですか」

ギュスターヴに尋ねると、「偽りの王の血を絶やしたかったのでしょう」と彼は答える。呪いを解かれ、貴族の娘を娶り世継ぎが生まれても、王家ではなくリヴィエールの血が継承されるだけだと考えたのだろう。

「あなたは本当は、前国王のときに偽りの王家を断絶させ、父親の罪を終わらせたいと思っていた。けれどそのときはうまくいかなかったのでしょう。しかし大きな権力を持った今はそれができる。陛下には呪い通り死んでもらうか、一生独身でいてほしかった。もちろん実権を握れたらよかったのでしょうが、世継ぎが生まれないことも重要だったのでしょうね。人間とはなんとも醜悪で利己的な生き物でしょう」

「……っ」

ジェラルドは侮蔑の籠もった眼差しをロドルフに向けた。思わずララローズも息を呑むほどの冷たい眼差しだ。

ロドルフは何度も口を開きかけたが、両手を固く握り合わせたまま項垂れてしまった。すべて肯定し、反論はないと言うように。

二人を殺した証拠がなければ、口を閉ざした老人がなにかを語ることはないだろう。だが反論がなければ肯定と同じだ。真実はララローズとギュスターヴが語ったとおりで間違いないだろう。

犯した罪は、どんな形であれ償わなければならない。偽りの王とはいえ、王族殺しは大罪だ。ジェラルドがどのような判断を下すのか、ララローズには想像がつかない。

「ラウル、お前も同じ気持ちか」

氷のように冷たく硬質な声だ。ジェラルドがまっすぐラウルに視線を投げた。

彼は力なく首を左右に振る。

「……なにを言っても言い訳にしか聞こえないでしょうが、私が我が家の過ちを知ったのはララローズ様の食事の毒をすり替えた頃でした。摂取して問題にならない程度の毒性の薄いものにしても、毒を盛られたと知った陛下はララローズ様を遠ざけようとするのがわかっていたからです。膠着《こうちゃく》状態だった二人の関係を進展させる目的と、物理的に距離を置いて冷静に考えられる期間を設けた方がいいと思ったのです。また、私の目が行き届かないところでララローズ様が害される危険性もありましたので」

ラウルをじっと見つめる。ララローズには、彼が嘘をついているようには思えなかった。

昔からジェラルドの傍にいて、彼の幸せを願う友人のひとりに思えた。

「そうか」

ジェラルドは言葉少なに呟いた。

――平穏な時間を得るにはまだしばらくかかりそうね……。

ギュスターヴをちらりと窺う。彼の真意もその表情からは読み取れない。

イングリッドに弟子がいたこともはじめて知った。これまで祖母からしか聞いたことがなかったイングリッドの話を、ギュスターヴはもっとたくさん知っているだろう。彼を見ているとそわそわするような不思議な心地になる。

——魔術師も魔女と同じで、人間とは違う理で生きているのかな。

魔術師は魔術を学問として学ぶ人間だと思っていたが、ギュスターヴは普通の人間とは思えない。彼も魔女と同類なのだろう。

ギュスターヴはイングリッドの頼みを聞いたにすぎない。真実を知ってもそれを暴くことをせず、苦しみから解き放つこともせず、ただじっと、イングリッドの子孫が王家と関わることを待っていたのだろうか。

来るかどうかわからない未来を待つというのも、一種の呪いに思える。

だからこそ言葉の扱いに気を付けなくてはいけない。イングリッドが放った言葉がこれほど多くの人間を巻き込んだのだから。

ギュスターヴはジェラルドをじっと見つめ、口角を上げた。

「おめでとうございます、陛下。あなたはこの呪いの輪から抜け出せたようですね。あとはラララローズ様を王妃に迎えれば、この国はふたたび王家の血を取り戻せる」

「あ」

「おい、どういうことだ？」

ジェラルドの気配が剣呑になった。ラララローズの手をギュッと握りしめてくる。

――しまった、まだ肝心なことを告げてなかったわ。

ラブローズの迷いを感じたのだろう。ギュスターヴは口元に笑みを浮かべながら、イングリッドが産んだのはエルンストの娘で、ララローズこそが王の血を引く者だと明かした。ラウルとロドルフもそこまでは把握していなかったらしい。ララローズに視線が向けられる。

「つまり王家の正当な血筋はイングリッドの娘であるアネモネ様と、ご息女のデイジー様、そしてその娘であるこちらのララローズ様。あと弟君もいらっしゃるのでしたっけ。この四名のみとなります。陛下がララローズ様と結婚し、正しい血が取り込まれたら、ヴェスビアス王家はようやく幸福を取り戻すことになるでしょう」

まるで預言者のような口ぶりだ。ララローズは少し居たたまれない心地になる。

だが、はたと気づいた。ジェラルドの愛を勝ち取りにいくと言ったが、その後を深く考えていなかったのだ。

「え、待って。私王妃になるつもりはないんだけど」

「は？」

ジェラルドが甘さを消した眼差しを向けてきた。その目は、今さらなにを言っているのだと責めるような、どこにも逃がさないと燃えるような強さを秘めていた。握られる手に力が籠もり、ララローズは慌てて声を上げた。

「うちは子爵家ですし、貧乏貴族ですし。身分が釣り合わないでしょう？　私はジェラルド様をお慕いしてますし一緒にいたいとは思いますけど」

「なら問題ないだろう。お前が俺と生きたいと望むなら傍にいろ。いいや望まなくても離れることは許さん。王妃が嫌なら俺も王を辞めてやる」

「お待ちください！　それは駄目ですよ、認められませんっ」

ラウルが慌てだした。ラロローズも同様に首を縦に振る。ジェラルドは国王の座に興味がないのだと改めて思い知らされた。

「何故だ、王になんて、なりたい奴がなればいいだろう」

「それは、そう思わなくもないけれど……ジェラルド様は人気も高いですし、急に辞めるとなったら国が混乱するのは目に見えてるかなと」

国民からの支持が高い国王にいきなり辞められたら、暴動が起きかねない。

「ならばどうする。お前が腹をくって俺の妃になるしかないと思うが」

「身分のことでお悩みでしたらどうとでもなりますよ。どうせ処分されるにしても公にはできませんし、書類上リヴィエール侯爵家に養子にでも入ったらいかがでしょう。周囲を黙らせるだけでしたら有効かと。もちろん嫌とは言えませんよ、ねえ？」

ギュスターヴが笑顔で脅しをかける。

「……もちろんだ」

黙っていたロドルフがようやく口を開いた。できる限りの協力をしてくれるらしい。

「勘違いするなよ、ララローズ。お前が欲しいのは俺の本心からだ。ヴェスビアス王家が滅ぼうと正直どうでもいい。王家に幸福を取り戻すためにお前を利用することなど考えていない」

「それは、ええ……わかっています」

ジェラルドは真実を聞く前にララローズを求めてくれた。イングリッドの子孫ではなく、ただのララローズを愛すると誓ってくれたのだ。その言葉に偽りはないと信じている。

「お前が好きな金儲《かねもう》けも存分にできるぞ。一国を潤わせる政策にも関われるなんてやりがいを感じるんじゃないか？　他に気になることがあればこの場で全部吐き出せ。お前の憂いを払ってやろう」

ジェラルドの声に甘さが滲む。獲物を逃がさない金の瞳が、爛々《らんらん》と輝きララローズを焦がすように見つめてきた。

お店を開くことも領地を潤《うるお》わせることも興味があるが、その規模がいきなり国となると尻込みしてしまう。やりがいは確かにありそうだけれど。

いつの間にか彼の腕がララローズの腰に巻き付いている。ララローズは必死に頭を働かせるが、断る理由が思いつかない。

ようやく絞り出せた声は、弱々しい一言。

「が、頑張ります……王妃業」

「ああ、いつでも頼るといい」

とろりと優しい声音で、ジェラルドがラローズに囁きかけた。

エピローグ

一面に花が咲く見晴らしのいい小高い丘の上に、王族の墓がある。

春になるとネモフィラが咲き、美しい絨毯になる場所だ。水色の小さな花々を極力踏まないように気を付けながら、ジェラルドはラローズの手を引いて歩いていく。

護衛の騎士を下がらせて、今日は二人だけで先祖の墓参りに来ていた。

はじめにジェラルドの両親の墓、祖父の墓、そしてエルンストの墓へと移る。

綺麗に掃除がされている墓の前で、ジェラルドは晴れやかに笑った。

「先月めでたく三十になった。愛する妻の思い出も毎日増えていく」

ジェラルドはララローズの腰を抱いて密着する。ご先祖様の前で惚気《のろけ》るのは少々気恥ずかしい気持ちになるが、同時に幸せも感じていた。

ララローズが自分たちの結婚を彼女の祖母に報告しに行ったとき、祖母から聞いたのだ。

エルンストが亡くなる前に祖母に会いに来ていたということを。ジェラルドの姿を見たのをきっかけに祖母の記憶がふと鮮明に蘇り、少女時代に出会ったことがあると告げられたのだ。

死ぬ前に愛する女性との娘に会えていたのだと知り、ララローズは心から喜んだ。騙されて呪われて奪われて終わったのではなく、一目だけでも娘に会えたのなら、彼にも救いがあったのだと。そんなふうに微笑む彼女を、ジェラルドは愛しく思う。

あれから五年が経ち、元老院は解体された。ラウルの祖父は王家が所有する僻地の別荘に幽閉同然となり、昨年その生涯を終えた。

ラウルは宰相の座から退くと告げたが、ジェラルドはそれを跳ねのけ一生彼を支え続ける誓いをさせた。ラウルがジェラルドを裏切ることはないだろう。

——味方は多ければ多い方がいい。

ジェラルドにも少しずつ大切なものが増えていく。己の両手では守りきれないほど増えるなら、大切なものを守ってくれる手が自分以外にも必要だ。

ララローズがドレスの上からでも目立つようになった腹をゆっくりさすった。彼女の腹には二人目の子供が宿っている。

ひとり目は息子だった。二人目はかわいい娘がいいと思うが、母子ともに健康ならどちらでも構わない。

「少し風が出てきたか。寒くないか？」

「大丈夫よ、春風が心地いいわ」

柔らかく笑う姿から目が離せない。ジェラルドはすっかり母の顔になったラローズを愛おしく見つめた。

元気で逞しくて太陽のように眩しい。いつだって自分を魅了してやまない愛する妻を独り占めできるのはわずかな時間しかない。城に戻れば護衛や侍女の目があり、息子もいる。ジェラルドがラローズと二人きりになれるのは基本夜のみだ。

こうしてじっと見つめていると、彼女の頬が徐々に赤くなっていく。いつまでたっても初々しさを失わないラローズがたまらない。

「……本当、よく笑うようになったわね。難しい顔より、笑った顔の方が好きだわ」

「そうか。お前が俺の憂いをすべて払ってくれたからな。今はお前が愛おしいという気持ちしかない」

「……っ、不意打ちは心臓に悪いからやめて」

赤い顔をさらに赤く熟《う》れさせて苦情を言う。そんな表情すら愛おしくて、すぐに抱きしめたくなってしまう。

「愛している、ラローズ」

「……私もよ、ジェラルド様」

三十歳を迎えても、ジェラルドの記憶は誰にも奪われていない。

愛する人を抱きしめながら、エルンストの墓を見下ろした。

本来の寿命を迎えるまで、ジェラルドは生きて、最愛の人と共に年を重ね続けるだろう。

今日もジェラルドは生きている。

あとがき

こんにちは、月城《つきしろ》うさぎです。

『呪いの王は魔女を拒む』をお読みいただきありがとうございました。

今作は先祖がかけられた呪いを受け継ぐヒーローと、呪いをかけた先祖を持つヒロインが主人公です。被害者側と加害者側の間に愛は芽生えるのかがテーマになってます。

ヒロインのラララローズは魔女の子孫ですが、魔法は使えず普通の人間として生きてきたので、魔法を使う描写はありません。呪文を唱えさせてみたかったですが、それはまたどこかの機会に……考えるの難しそうな気がします（笑）。

今作はファンタジー風味のラブロマンスなので、あまり特別なことは起こりません。ラララローズの性格はとても書きやすかったです。彼女は多分面食いなんだろうなと思ってます。

ヒーローのジェラルドは獅子のような孤高のイメージです。金髪と金眼って格好いいですよね。なかなか可哀想な生い立ちですが、呪いに抗いつつも自分は愛する人を作らないと言ってしまうところが、不憫可愛いなと思ってます。

作品を書くにあたり、よくヨーロッパの国をモデルにするのですが、今回の舞台はルーマニアっぽいイメージで書かせていただきました。

あくまでイメージなので、気候や土地などを参考にさせていただくくらいですが、その国についてもざっと調べるのが楽しいです。

ジェラルドが住む王城はペレシュ城をモデルにしてます。めちゃくちゃ可愛いくて、おとぎ話のようなお城です。

ラララローズの祖母が食べさせてくれるお菓子は、ルーマニアの揚げ菓子のパパナシを参考にしました。ドーナツっぽいお菓子で、酸味のあるジャムを添えて食べるらしく、異国の食べ物を調べるのも執筆の息抜きになります。そしてお腹が減る……。

今回もお風呂シーンが出てきます。お風呂のイチャイチャが多いので、肌色率が高いです……（笑）。

お風呂はリラックスタイムなので、ちょうどいいコミュニケーションの場でもあるかなと。二人が出会った温泉シーンは、ジェラルドがラッキースケベだな……と思いながら書いておりました。楽しかったです。

イラストを担当してくださったウエハラ蜂《はち》様、美麗なラララローズとジェラルドをありがとうございました。カバーイラストをいただいたとき、思わず「ふわー！」と叫んでしまいました。躍動感のある構図と雰囲気がとても好きで、魔女っぽさのある色合いもダークファンタジー風味で素敵です。

担当編集者のY様、今回も大変お世話になりました。いつもありがとうございます。ソーニャ文庫八周年おめでとうございます！　新しい帯のデザイン、毎回ワクワクしております。

また、この本に携わってくださった校正様、デザイナー様、書店様、営業様、そして読者の皆様、ありがとうございました。

楽しんでいただけましたらうれしいです。

月城うさぎ

この本を読んでのご意見・ご感想をお待ちしております。

◆ あて先 ◆

〒101-0051
東京都千代田区神田神保町2-4-7 久月神田ビル
㈱イースト・プレス　ソーニャ文庫編集部
月城うさぎ先生／ウエハラ蜂先生

呪《のろ》いの王《おう》は魔女《まじょ》を拒《こば》む

2021年2月5日　第1刷発行

著　　者　月城《つきしろ》うさぎ
イラスト　ウエハラ蜂《はち》
装　　丁　imagejack.inc
D T P　松井和彌
編集・発行人　安本千恵子
発 行 所　株式会社イースト・プレス
〒101－0051
東京都千代田区神田神保町2－4－7 久月神田ビル
TEL 03－5213－4700　　FAX 03－5213－4701
印 刷 所　中央精版印刷株式会社

ISBN 978-4-7816-9691-1
定価はカバーに表示してあります。

Sonya ソーニャ文庫の本

『王太子は聖女に狂う』 月城うさぎ

イラスト 緒花